911代理店❸

テリブル

渡辺裕之

ハルキ文庫

角川春樹事務所

EMERGENCY CALL 911 AGENCY 3

Contents

911代理店会社紹介

企業理念

小悪党を眠らせるな

被害者と共に泣け

隣人に嘘をつくな

社長

岡村茂雄《おかむらしげお》……元警視庁捜査一課刑事。60代前半でブルドッグに似ている。

探偵課

神谷隼人《かみやはやと》……元スカイマーシャル。40代前半。183センチ。

鍵のご相談課

貝田雅信《かいだまさのぶ》……元爆弾魔。30代前半。172センチ。太り気味で丸い顔をしており、人の好さそうな雰囲気。

セキュリティのご相談課

外山俊介《とやましゅんすけ》……元掏摸師。30代半ば。175センチ。眼鏡を掛けていても眼光の鋭さがわかる。

クレーマーのご相談課

尾形四郎《おがたしろう》……元詐欺師。通称"ドク"。眉が太く目が大きい。40代半ば。168センチ。心理学を応用し、喋りがとにかく達者。

篠崎沙羅/玲奈《しのざきさら/れいな》……凄腕のハッカー。解離性同一性障害。23歳。162センチ。

木龍景樹《きりゅうかげき》……情報屋。30代後半180センチ。広域暴力団心龍会若頭。

畑中一平《はたなかいっぺい》……神谷と同期の現役警察官。警視庁捜査一課三係主任。

プロローグ

二〇二一年八月十七日、府中《ふちゅう》刑務所。

季節外れの長雨が続いたせいか、気温は二十二度とさほど高くないのに湿度が高く、水を含んだ大気は不快感を感じさせた。

さらに不快にさせるのは、緊急車両のサイレンである。

刑務所正面ゲートが開き、一台の救急車がけたたましいサイレンを鳴らしながら府中街道に飛び出す。

救急車は次の交差点を左に曲がり、美術館通りに入った。

数分後、救急車は府中富士《ふちゅうふじ》病院に停車し、ストレッチャーに乗せられた緑色の受刑者服の男が運び出される。

「背後からナイフで刺されたようです」

ストレッチャーを救急救命士が病院内に運ぶと、出迎えた看護師とバトンタッチした。

「なんでうちに受刑者が運ばれるんですか？」

看護師が救急車に付き添ってきた刑務官に尋《たず》ねた。

「刑務所内の病院の外科医がたまたま不在で、対処できなかったんです」

刑務官が険しい表情で答えた。

「君、名前は言えるか？」

ＥＲの医師が、受刑者に尋ねた。

「……神谷《かみや》」

受刑者は聞き取れないほどの小さな声で答えた。

「しっかりしろ。名前は言えるか？」

ＥＲの医師はもう一度尋ねた。

「神谷、……神谷隼人《はやと》」

神谷は答えると、気を失った。

「血圧低下。第二手術室を用意してくれ！」

ＥＲの医師が、叫んだ。

尾形の不幸

1・八月九日AM6：20

二〇二一年八月九日、午前六時二十分。

七月後半から夏日が続いていたが、昨日から降り続く雨は熱を帯《お》びた東京の街を冷まし、梅雨《つゆ》の再来を思い起こさせた。

いつものようにランニングから会社兼自宅に帰った神谷隼人は、玄関に用意しておいたタオルで濡れそぼった体を拭《ふ》いた。

会社は〝株式会社911代理店〟という米国の緊急電話番号からヒントを得た風変わりな名前である。社長は警視庁捜査一課を退職した岡村茂雄《おかむらしげお》という人物だ。

業務は緊急事態に対処するサービスの提供で、社員は〝鍵のご相談課〟の貝田雅信《かいだまさのぶ》、〝セキュリティのご相談課〟の外山俊介《とやましゅんすけ》、〝クレーマーのご相談課〟の尾形四郎《おがたしろう》、事務を担当する紅一点の篠崎沙羅《しのざきさら》、それに一昨年に入社した神谷の五人である。

岡村は昨年の五月に探偵課という部署を新設して神谷を責任者に任命している。神谷も警視庁出身という単純な理由だ。

警視庁時代の神谷は機動隊からＳＡＴ（特殊急襲部隊）を経《へ》て、スカイマーシャルと呼ばれる警視庁東京国際空港テロ対処部隊の航空機警乗警察官という超エリートの警察官だったが、恋人のソフィ・タンヴィエをテロで亡くしたことを機に退職している。捜査課に配属されたことはなく、探偵業はずぶの素人《しろうと》だったが、叩き上げの刑事だった岡村のアドバイスを受けながら仕事をこなしてきた。

四つの課は、それぞれの担当者の自室が事務所となっている。会社の社屋は新宿《しんじゆく》の百人町《ひやくにんちょう》にあるが、元はラブホテルだった。会社を設立した時に岡村が買い取ったのだ。もっとも、資金の大半は沙羅が助けている。

彼女は解離性同一性障害で、夜になると必ず玲奈《れいな》という人格に変わる。性格が粗暴にはなるが、ＩＱが百七十という天才に変貌《へんぼう》するのだ。

日中は沙羅が午後四時まで仕事をして一旦眠りについて午後七時に目覚《めざ》め、玲奈と入れ替わる。彼女は天才ハッカーで、スマートフォン用のゲームやアプリを開発して稼《かせ》いでいる。沙羅は玲奈のおかげで期せずして資産家なのだ。

三階建ての社屋は、ホテルとして営業していたころは一階に三部屋、二階と三階に五部屋ずつあった。神谷は二階の二〇五号室を自室とし、探偵課の事務所としても使っている。看板部署ともいえる他の三つの課は一階にあり、貝田が一〇一号室、一〇二号室は共用の応接室兼会議室、一〇五号室は外山、一〇六号室は尾形が使用していた。一〇三号室と一〇四号室がないのは、バブリーなエントランスとエレベーターホールのためだ。

探偵課は新設ということもあるが、神谷は浮気調査など意にそわない依頼を断っているため、お世辞にも仕事が回っているという状況ではない。そのため、他の課のアシスタントとして活動するケースが多いのが現状である。

神谷は首にタオルを巻いて、階段を上がった。以前は毎朝十キロ走っていたが、現在は五キロに減らしている。昨年二〇六号室を福利厚生の一環としてトレーニングジムに改装したため、マシンを使って効率よく運動することができるからだ。ジムにはランニングマシンもある。雨降りでもジョギングに出かけるのは、室内では味わえない爽快感を得るためだ。

「おはようございます。今日も走ってきたんですね」

二階に上がると沙羅と廊下で鉢合《はちあ》わせした。彼女は三階の三〇五号室に住んでいる。トレーニングウェアを着ているので、トレーニングジムで汗を流してきたのだろう。

「早いね」

神谷は笑顔で答えた。彼女の優しい声に思わず頬が緩んでしまうのだ。もっともアイドルのように可愛《かわい》い彼女の顔を見れば、誰しもそうなるだろう。

「玲奈に運動不足だから、トレーニングするように叱《しか》られたんです。神谷さんは？」

立ち止まった沙羅は、悪戯《いたずら》っぽい笑みを浮かべた。いつもなら彼女は毎朝六時半に起床し、午前七時に朝食を食べる。沙羅の仕事は午前八時から午後四時までである。

起床後の玲奈は沙羅からのメッセージを確認してから仕事を始め、午後九時に沙羅が作った弁当を食べる。午前二時まで仕事をし、沙羅にメッセージを残して就寝するようだ。二つの人格は互いを認め合い、規則正しく生活しているらしい。起床時間を早めてまで運動をするのは、体重が増えたのだろうか。玲奈からしてみれば、より長い時間活動している沙羅が不摂生な生活をしているせいだと思うに違いない。

「俺はいつものトレーニングをしてから、朝食にするよ」

ジムで軽く三十分ほど運動してから自室でシャワーを浴び、食堂兼娯楽室となっている三〇二号室で朝食を食べるのが日課である。沙羅と一緒に食べることが、楽しみでもあったのだ。

「それじゃ、後で」

沙羅は一礼して階段を上がって行った。彼女は神谷に対していつも淡々としている。十八歳も年上の神谷は恋愛対象でないため、異性として見ていないからだろう。

一方、玲奈は沙羅よりも精神年齢が高いらしく、年上好みだそうだ。そのため、神谷にどこかへ連れて行って欲しいと冗談《じょうだん》めかしてデートに誘うこともある。だが、彼女はパニック障害で、外出することはほとんどない。正直言って、いい大人が若い娘に翻弄《ほんろう》されている。というか、からかっているのだろう。

午前七時、神谷は食堂に入った。

「あれっ？　今日は鯖《さば》の味噌煮《みそに》じゃなかったか」

神谷は鼻を動かし、首を捻《ひね》った。鼻腔をデミグラスソースのいい匂いが刺激するのだ。

朝食を作るのは、岡村の趣味と実益を兼ねた福利厚生の一環である。材料を事前に購入しているため、献立《こんだて》は一週間前にパソコンのグループウェアアプリで社員に知らされる。今日の朝食のメインは、前日に仕込んだ鯖の味噌煮だったはずだ。

「玲奈の弁当用にハンバーグを作ったんです。神谷さんもよかったら食べてください」

台所から沙羅が顔を覗《のぞ》かせた。

「やった！　ありがとう」

神谷は満面の笑みで、沙羅からハンバーグの小皿を受け取った。台所のカウンターに用意されている鯖の味噌煮とご飯と味噌汁をトレーに載せ、ハンバーグの小皿を右手にテーブルに移動する。

「私も一緒に」

沙羅は自分のトレーを手に、神谷の斜《なな》め前に座った。これは、新型コロナの流行で食事中は対面の席に座らないという習慣が互いに身についたからで、神谷を避けたわけではない。

「いただきます」

神谷は思わず手を擦り合わせてから箸《はし》を取った。定番の朝食が、思いがけず豪華になったのだ。これ以上の至福の時はないだろう。

だが、得てして幸せは長続きしないものだ。肉汁がほとばしるハンバーグを嚙《か》み締めていたら、ポケットのスマートフォンが呼び出し音を鳴らした。慌てて飲み込んで電話に出る。

「了解です。急いで食事をすませます」

神谷は溜息《ためいき》を漏らした。岡村から至急の用事があるという。

「ひょっとして社長からですか？」

沙羅が首を傾げた。

「そういうこと。味わう暇はないらしい」

肩を竦《すく》めた神谷は、ハンバーグを口に押し込んだ。

2・八月九日AM7：30

食事を終えた神谷は、食堂の向かいにある三〇一号室のドアをノックした。

「どうぞ」

いつもの渋い声が響く。

「失礼します」

神谷はやや緊張した表情で、社長室に入った。神谷にとって岡村は、警視庁出身の大先輩であり上司なのだ。

「朝食の邪魔をして悪かったね。君に探偵課として働いてもらいたいことがあるんだ」

岡村は三人掛けのソファーを勧《すす》め、自分は奥の一人掛けのソファーに腰を下ろした。神谷が探偵課の仕事より他の課のアシスタントとして働くことが多いのを暗に皮肉っているようにも聞こえる。

「はい」

神谷は軽く頭を下げ、対面の三人掛けのソファーに座った。皮肉を言われても仕方がない。会社からもらえる給料は安いが、引き受けた仕事の成功報酬《ほうしゅう》を貰えることになっている。自分の課が忙しければ、収入は増えるという仕組みだ。岡村にしてみれば、最低限の給料は出すが、食い扶持《ぶち》は自分で稼げ、である。

だからといって、探偵課の仕事が月に二、三本でも焦ってはいない。半年ほど前から警視庁時代の同期で捜査一課三係主任畑中一平《はたなかいっぺい》から、オファーが来るようになったからだ。

昨年の五月、国立競技場に爆弾を仕掛けるというテロ未遂《みすい》事件があり、神谷は体を張ってそれを未然に防いだ。だが、警視庁はその事件を少々脚色して公表することになる。

犯人は複数で、犯罪の証拠を残さない彼らを岡村は〝リーパー（死神）〟と名付け長年追っていた。〝リーパー〟は自由民権党が党に不利益な人間を抹殺《まっさつ》する犯罪組織で、岡村が神谷を入社させたのも実はその捜査を手伝わせるためであった。

神谷は爆弾テロを防ぐために犯人らを倒し、一緒に行動した警察官の命を助けた。一方で警備にあたっていた警察官を二人も昏倒《こんとう》させ、そのうちの一人の制服と拳銃を奪って現場に踏み込んだ。彼らを倒したのは、一刻も早く犯人らを止める必要があったからだ。

警視庁は政府と計らい、事実を伏せて神谷を無罪放免とした。英雄的な行為と犯罪行為を天秤《てんびん》に掛けたのだ。神谷を無関係とする代わりに、救援要請を受けて現場に駆けつけた畑中を事件解決の功労者としている。畑中は一躍《いちやく》時の人となり、庁内でも高評価を受けることになった。

それに気を良くした畑中は、警察では引き受けられない民事の事件を神谷に回してくれるようになった。金にならないような仕事もあるが神谷は丹念に捜査し、結果を出してきた。最近では畑中から噂《うわさ》を聞きつけた警察官からも仕事が入ってくることもある。ガツガツしないことが、仕事を増やすコツだと勝手に解釈していた。

「これを見てくれ」

岡村は二枚のA4サイズの紙を渡した。どちらもクリアファイルに入っている。それぞれのクリアファイルに、A・Bと記された付箋《ふせん》が貼ってあった。

Aのクリアファイルに入っている紙には〝詐欺師《さぎし》に天罰を与える！〟、Bの紙には〝詐欺師は死ね！〟と殴《なぐ》り書きされている。

「なんですか、これ？」

神谷は悪戯書きのような紙を手に首を傾げた。

「Aは一週間前の朝、Bは今朝、会社の玄関のガラスドアに貼ってあった」

岡村は人差し指で示しながら答えた。

「朝？　私は気付きませんでした。何時ごろですか？　毎朝、ジョギングしているのですが」

神谷は右眉《みぎまゆ》を吊り上げた。ジョギングのため午前六時に会社を出るからだ。

「私は毎朝五時に散歩に出かける。それで気が付いたんだ。監視カメラの映像を確認したのだが、犯人は午前三時過ぎに紙を貼り付けに来ている。ウィンドブレーカーのフードを被《かぶ》り、顔を隠していた。映像では確認できなかったが、手袋をしていたらしく、指紋は検出できなかった」

岡村は淡々と説明した。

「指紋まで調べたんですか？　この詐欺師って、ひょっとして尾形さんのことですか？」

苦笑した神谷は二枚の紙をテーブルに置いた。尾形は、前科二犯の詐欺師という過去を持つ。東大を卒業後、ハーバード・メディカルスクールで心理学を学んだ高学歴の持ち主である。だが、豊富な知識と巧《たく》みな言葉遣いで大規模な詐欺事件を起こして逮捕され、二度収監された。岡村は金輪際《こんりんざい》詐欺を働かないという条件で、彼の保証人になって会社に受け入れている。

貝田や外山も前科がある。貝田は鍵の名人として働いているが、その過去は機械工作の趣味が昂《こう》じて高性能な爆弾を作る爆弾魔であった。河原で時限爆弾の実験をしていたところを通報されて警察に捕まっている。

外山はかつて窃盗《せっとう》を生業《なりわい》としていた。今は犯罪者の立場として考えられるという強みを生かし、大手防犯会社から相談を受けるほどに更生している。彼も前科二犯で、空き巣で足跡《ゲソ》をとられたのだという。

「尾形と関係していることは、間違いないだろう。本人に聞いたが、映像を見た限りでは男に見覚えはないらしい。だが、過去の罪で数えきれないほどの人から恨みを買っているだろう。背格好だけじゃ判断できないのも無理はない」

岡村は口を結ぶと、首を左右に振った。

「それで、私にどうしろと？　犯人を捜すんですか？」

神谷は親指で自分の胸を突いた。

「捜査は難しいだろう。手掛かりがなさすぎる。当面は、尾形と一緒に行動してくれ」

岡村は気難しい顔で言った。

「要はボディガードをしろということですか」

神谷は小さく頷いた。たまにボディガードという仕事もある。会社は何でも屋でもあるのだ。元の仕事柄、刑事よりボディガードの方が馴染《なじ》みはある。だが、たった二枚の悪戯書きで尾形にボディガードを付ける必要があるかということだ。

「筆跡からして、犯人の恨みはかなり強い。文面が過激化しているように、犯人が書いたことを実行に移す可能性がある。私の刑事としての勘だが、この一、二週間が危ない」

岡村は人差し指を横に振った。

「文面通り、殺人も犯す可能性があるということですね」

神谷は腕を組んで大きく頷いた。

3・八月九日AM8：40

午前八時四十分、新宿。

大きなスーツケースを提《さ》げた神谷は、〝小田京《おだきょう》百貨店〟の業務用エレベーターにスーツ姿の尾形と一緒に乗っていた。

十一階で下りた尾形は、従業員用通路の突き当たりにあるドアから百平米はあるだだっ広い部屋に入る。テーブルや椅子《いす》が壁際に寄せられ、殺風景な部屋だ。

「無駄に広いですね」

神谷はスーツケースを床に置くと、ポケットからハンカチを出して額の汗を拭いた。久しぶりにスーツを着たため、暑苦しく感じるのだ。

「ここは催事場用のスペースで、最近は使われていないんですよ。新型コロナのせいで、デパートはどこも売り場の縮小、イベントは中止に追い込まれていますからね。あの壁がスクリーンとして利用できますね。そこに設置しましょうか」

尾形は神谷より年上だが、いつも丁寧《ていねい》な口調である。物腰も柔らかく、声の質もいいので彼に悪い印象を持つ人間はまずいないはずだ。

朝早くに岡村からしばらく尾形のボディガードに就《つ》くように命じられたが、なんのことはなくアシスタントを務めている。

彼の今日の予定は、〝小田京百貨店〟の売り場責任者たちに向けてクレーマー対策の講義をすることだ。このデパートでは初めてらしいが、他のデパートでは何度か経験があり、好評らしい。〝小田京百貨店〟も評判を聞きつけて尾形に講義を依頼してきた。開店前の一時間を利用し、講義をするのだ。講義を企画した者は、新型コロナの流行で暇なうちに売り場責任者を一堂に集められるという計算も働いたらしい。業績は悪化しているが、先行投資と考えているようだ。

「了解」

神谷は壁際のテーブルや椅子を並べ始めた。テーブルにノートPCとプロジェクターを載せ、三脚にビデオカメラを設置する。プロジェクターにノートPCを接続すると電源を入れ、壁に映ったプロジェクターの初期画面のピントを調整した。講義内容も手順も分かっている。尾形の仕事をサポートするのは初めてではない。

「すみません。椅子もお願いできますか」

尾形は聴講者用の折り畳《たた》み椅子を出しながら、遠慮《えんりょ》がちに言った。今日は売り場の責任者だけでなく、部長クラスなど総勢二十八名が講義を聴きに来る予定だ。

「分かっていますよ」

神谷は笑顔で答える。入社して最初の二ヶ月は貝田のサポートにつき、その傍《かたわ》ら、彼から徹底的にピッキング技術を学んできた。会社に慣れてくると、外山や尾形の手伝いもするようになった。

外山からは防犯の知識だけでなく、彼の秘技であるスリの技術を教わっている。彼ほど完璧ではないが、上着の外ポケットから財布や定期入れを掏《す》ることはできるようになった。半《なか》ば興味本意で学んだのだが、学ぶことで防犯の知識になるのだ。尾形からは話術を学んだ。表情や行動から相手の感情を読み取り、それに合わせて話し方や内容、声音を変えるというものである。

精神分析に関しては、神谷はスカイマーシャル時代に訓練を受けた。スカイマーシャルは、乗客に紛《まぎ》れて海外への航空便に乗るだけではない。乗客一人一人を観察し、怪しいと睨《にら》んだ者をマークする。テロが起きてからでは、初動が遅れるからだ。

だが、尾形の精神分析は、科学的に裏打ちされた高度なものである。彼はハーバード大学在学中に、心理学に行動科学も取り入れた論文を発表し、博士号を取得した。そのため、会社仲間は彼を〝ドク〟と呼ぶ。彼が詐欺師として二度逮捕されたのは、手下のミスで事件が発覚したからだそうだ。

午前九時五分前から、会場にデパートの社員が大勢現れはじめた。用意した椅子では足《た》りず、折り畳み椅子を自分で出して座る者もいる。当初聞いていた人数よりも多いようだ。

制服を着た女性が、午前九時になると尾形の横に立った。講義の担当者である販売企画課の青木《あおき》という女性である。

「それではお時間となりましたので、尾形先生に講義をお願いします。先生は東大を卒業してからハーバード大学に入学し、博士号を取得された高名な心理学者です」

青木は尾形に恭《うやうや》しく頭を下げ、社員に説明をはじめた。彼に前科があり、服役《ふくえき》したことまでは彼女は知らない。だが、東大とハーバード大学を卒業したという学歴は、説得力がある。会場の社員は、真剣な眼差《まなざ》しで尾形を見つめていた。

「ご紹介に与《あずか》りました尾形です。東大とハーバードを卒業ということだけで、私のことを勘違いされている方もいると思いますので、ちゃんとご説明します。私はフレンチよりも焼き鳥、ホテルのバーよりはゴールデン街をこよなく愛する浅草《あさくさ》生まれの江戸っ子です」

尾形の言葉に聴講している社員から笑いが起こる。顎髭《あごひげ》に銀縁《ぎんぶち》の眼鏡《めがね》を掛け、高級スーツを着ているため、近寄りがたい雰囲気《ふんいき》はあった。だが、自ら正反対の志向があると説明し、笑いを取って聴講者をリラックスさせたのだ。

神谷はテーブルに用意したノートPCを操作するため、椅子に座った。尾形の講義に合わせて映像を流すのだ。尾形一人でも出来るのだが、アシスタントを使うことで彼の格を上げると同時に請求額を増やす目的もある。

「私はこれまで様々な接客業や販売業でクレーマーの問題に取り組んできました。クレームはお客様によって様々、取り扱う商品によっても様々です。だから、経験知を問われます。ここにおいでの売り場責任者の方々も、その豊富な経験で対処されてきたはずです」

尾形は言葉を切って、聴講者の顔を見回した。

「それでは、経験知があるみなさんが、どうしてクレーマーに対処できるのでしょうか？　それは皆さんが経験から得た情報によって独自のアルゴリズムを持っているからです。

アルゴリズムはITの世界ではよく使われる単語ですが、簡単に言うと手順とかやり方と考えてください。そのアルゴリズムをデータ化し、収集することで共有化が社内で可能になります」

尾形は話しながら首を捻った。どこからか警報音が聞こえてくるのだ。聴講している社員もざわつきはじめた。

「火災警報だ！」

社員の一人が非常階段に出て確認したらしい。

――一階で火災が発生しました。社員は、速やかに退避してください。もう一度繰り返します。火災が発生しました。ただちに退避してください。これは訓練ではありません。

館内放送が入った。

「尾形先生、アシスタントの方は、私と一緒に退避してください」

青木が神谷と尾形に手招きをして非常階段に向かった。エレベーターは使えないが、一般客はいないので人で溢《あふ》れ返るほどではない。

「分かりました」

尾形は神谷に頷くと、青木に従う。

神谷も周囲を窺《うかが》いながら尾形の後《うし》ろから急ぎ足で歩く。ボディガードだからというわけではないが、危険を察知すると体が自然と警戒《けいかい》モードになるのだ。

「落ち着いて急がずに階段を下りてください！」

ヘルメットを被った社員が要所で、声を張り上げている。社内で避難訓練を受けているのだろう。誰しも整然と階段を下りる。

「今さらですが、地震じゃないのですし、エレベーターは使えませんか？」

五階まで下りたところで、息を荒らげた尾形は汗を流しながら尋ねてきた。身長一六八センチ、体重七十八キロ、スーツを着ているのでさほど太って見えないが、無駄な脂肪《しぼう》が多いのだ。

「火事ならエレベーターシャフトは煙突となり、煙や炎の通り道になる。一番危ないんだ。あと半分、頑張って」

神谷は尾形の肩を軽く叩いた。

「あっ！」

バランスを崩した尾形が、悲鳴を上げて階段を転げ落ちた。

「えっ！」

神谷は慌てて階段を駆け下りた。

轟音《ごうおん》。

「なっ！」

振り返った神谷は、青木に抱きつかれる形で階段を落ちた。

4・八月九日PM7：57

午後七時五十七分、911代理店、食堂兼娯楽室。

テーブルは部屋の隅《すみ》に片付けられている。

出入口側の壁には五十インチのテレビが掛けられており、その前には神谷、貝田、外山、尾形の四人が椅子を並べて座っていた。また、岡村がキッチンカウンターに寄り掛かり、電子タバコを吸っている。

五十インチのテレビには、どうでもいいようなCMが流れている。五人の男たちは、テレビを漠然《ばくぜん》と見ていた。

〝小田京百貨店〟の一階で火災が発生し、神谷と尾形が社員の誘導で避難する際に階段で爆発があった。爆発規模は小さかったために直接の怪我人《けがにん》は発生していない。また、火災は、商品搬入口に積み上げられていた使用済みの段ボール箱が燃え上がった。消防隊が到着する前に、社員と警備員が消火器でほぼ鎮火させていたので被害は最小ですんだ。

事件後、尾形の講義は延期になり、〝小田京百貨店〟は閉鎖され、営業は翌日からとなった。警察と消防が合同で現場検証し、放火と判断されている。爆弾に関してはまだ詳細は発表されていない。残骸《ざんがい》や破片は科学捜査研究所に持ち込まれたそうで、解析《かいせき》には時間が掛かるのだろう。

尾形は階段を転げ落ちたものの、足首の軽い捻挫《ねんざ》ですんだ。神谷は爆発に驚いた青木に抱きつかれて階段を落ちたが、咄嗟《とっさ》に受け身を取ったので怪我はない。

「そろそろですね」

岡村はそう言うと、度が入っていない黒縁の眼鏡を掛けた。

「はい」

神谷らは頷くと、岡村と同じ黒縁の眼鏡を掛けた。これは、玲奈対策で、彼女は視線が合うと凶暴になる。これまで、岡村を除いて社員は全員玲奈の鋭いパンチを顔面に喰らった経験を持ち、神谷も例外ではない。

また、沙羅も他人から見つめられるとパニックになり、玲奈と入れ替わってしまう。そのため、玲奈に限らず沙羅が出席する打ち合わせでは、視線が気にならないように伊達《だて》眼鏡を掛けるのだ。

唯一、神谷は玲奈から免疫《めんえき》が出来たので大丈夫だと言われている。実際、玲奈は神谷と面と向かって話をしても、平静でいられるのだ。だが、他の社員の手前、神谷も伊達眼鏡を掛けるようにしている。

テレビのモニターがパソコンの画面に変わり、右上に玲奈の顔が映った小ウィンドウが表示された。彼女とのテレビ会議が始まったのだ。食堂兼娯楽室のテレビはカメラ付きで、社内ネットワークに接続されている。玲奈は余程のことがない限り、社内会議に直接参加することはない。自分の特性を知っているからだ。

「おはよう。何か、分かったのかな」

岡村がモニターの前に立ち、声を掛けた。

——まずは、爆発時の監視カメラの映像を見て。

玲奈は抑揚《よくよう》のない声で言った。彼女は沙羅と違って声が低く、いつも他人に感情を読み取られないようにしている。

テレビに〝小田京百貨店〟の四階と五階の間の非常階段を、社員が避難している様子が映っていた。左下のタイムコードは九時八分になっている。玲奈が〝小田京百貨店〟のセキュリティシステムをハッキングして手に入れたのだ。彼女には沙羅を通じて依頼してあった。

——階段中央の壁を見て。高さ一六〇センチの位置に四角い箱が設置してあるのが分かる？　壁と同じ白い色をしているし、ご丁寧に「壁の修理中」という張り紙もしてある。これが爆弾。

玲奈は淡々と説明をはじめた。神谷は「壁の修理中」という張り紙があったことはなんとなく覚えているが、定かではない。存在が自然だったからだろう。

——〝小田京百貨店〟の警備員は、前日の午後八時の巡回ではなかったと証言している。当日、警備員は非常階段を確認していない。ただし、開店前のデパートに侵入するのは難しい。爆弾は、夜中に設置されたと思われる。まあ、根拠もあるけどね。

玲奈は映像を一旦停止して爆弾を拡大表示し、再び再生をはじめた。警備員の証言に関しては、管轄《かんかつ》した新宿警察署か警視庁のサーバーをハッキングしたに違いない。

誘導してくれた青木が階段を下りてくる。背後に尾形と神谷も映っている。彼女が爆弾の前を通ると、後ろを歩いていた尾形がよろめいて階段を落ちてきた。ほぼ同時に神谷が駆け下りて青木を追い越した瞬間、爆弾が爆発した。間近にいた青木は爆風に煽《あお》られたように神谷に抱きつき、そのまま下の踊り場まで落ちている。

「二人とも爆発の直撃を免《まぬか》れている。足を踏み外したのはラッキーでしたね」

映像を見た外山が、笑いを堪《こら》えて言った。神谷と尾形が階段を不様《ぶざま》な格好で転げ落ちたのが面白かったのだろう。

――あんた、馬鹿？　尾形が転げ落ちなかったら、まともに爆発に巻き込まれていたんだよ。何が、ラッキーだ。そんな軽いことじゃないだろ。

玲奈の眼光が鋭くなった。外山を睨んでいるようだ。

「ひっ！」

外山が自分の口を右手で押さえた。以前、玲奈に殴《なぐ》られた際、口の中を切ったそうだ。それを思い出したのだろう。

「それじゃ、玲奈君は、あの爆発は尾形君を狙ったものだと言いたいんだね」

岡村は腕組みをしてテレビに近付いた。

――それは、分からない。どんな爆弾が使われていたか分からないから。社長、科捜研から資料を取り寄せて。

玲奈は簡単に言うと、首を振った。

「一応、あたってみるけど、君の方からもデータをダウンロードできないかな？」

岡村は遠慮がちに言った。科捜研のサーバーをハッキングするように頼んでいるのだ。

――デジタルデータがすぐに上がるとは思えないから、頼んでいるんだけどね。

玲奈は大きな溜息を吐いた。

「貝田君は、爆弾についてどう思う？」

岡村は貝田に視線を向けた。

「放火犯と爆弾犯は、同一人物か、仲間でしょう。放火するタイミングを調整すれば、時限爆弾と考えるべきでしょうね。無線で起爆装置を作動させる方法もあるけど、尾形さんを狙ったのならその場にいないと難しいでしょう。放火犯が無事に逃亡するために無線で爆発させた可能性は捨てきれませんが」

貝田はテレビを見ながら言った。爆発した瞬間の映像で停止しているのだ。

「爆弾の種類は、その二つしかないだろう。私が聞きたいのは、この映像から、爆弾が尾形君個人を狙うものだったのかということだ」

岡村は人差し指でテレビを指しながら尋ねた。

「爆弾を作るのは簡単です。でも、それで特定の人物を狙うのは、意外と難しいんですよ、狙撃銃じゃありませんから。どうしても成功させたいのなら、爆弾の威力を高めることですね」

貝田は肩を竦めて言うと、ちらりと玲奈を見た。彼も彼女の顔色を窺っている。玲奈の部屋はこの食堂兼娯楽室と同じ階にあるからだ。玲奈は十八歳になるまで保護施設で暮らしており、そこで空手を習ってきた有段者である。彼女のパンチは破壊力があるのだ。

「質問してもいいかな」

神谷は右手を上げた。

——いいけど、なんで神谷さんまで眼鏡を掛けているの？

玲奈は首を捻ってみせた。

「いや、なんとなく。……で、単純な質問だが、監視カメラに犯人は映っていなかったのか？」

苦笑した神谷は、眼鏡を外した。かえって彼女の機嫌《きげん》を損《そこ》ねたらしい。

——痕跡《こんせき》はあるけど、映ってはいない。別の映像を表示させるから、よく見ていてね。

玲奈が軽く首を横に振ると、監視カメラの映像は薄暗い緑色になった。夜間モードになったのだ。タイムコードは午前三時二十分から始まっている。

「えっ！」

外山と尾形が同時に声を上げた。タイムコードが午前三時三十分二十秒になった瞬間、いきなり非常階段の壁に爆弾が出現したのだ。

「すごい。テレポーテーションを使って設置したのか」

貝田が大きく頷いてみせた。

——何が、テレポーテーションだ、このSFオタクが。馬鹿貝田！　おまえは殴らなきや分からないのか？

玲奈が眉間《みけん》に皺《しわ》を寄せている。本気で怒っているらしい。

「ごっ、ごめんなさい。それは、あり得ませんよね。そっ、そうだったら、すごいなと思っただけです」

貝田が立ち上がって、直立不動の姿勢で答えた。彼は玲奈の前で馬鹿なことをして何度も殴られ、気絶したこともある。ちなみに複数回殴られているのは、彼だけだ。馬鹿なのかお調子者なのか分からない。

——犯人は、セキュリティシステムをハッキングした。午前三時二十分ゼロ秒から午前三時三十分二十秒の監視映像をループ映像に差し替えた。この十分二十秒の間に、〝小田京百貨店〟に侵入して爆弾をセットし、脱出したんだ。馬鹿を相手にしていると疲れる。以上。

テレビの映像は、いきなりニュース番組になった。玲奈が切り替えて、テレビ会議が強制終了したらしい。

「……ということだ。また、新しい情報が入ったら、会議を開く。今日は、お開きにしよう」

啞然としていた岡村が苦笑し、会議の終了を告げた。

5・八月九日PM8：40

午後八時四十分、新宿。

神谷は、区役所通りから新宿ゴールデン街の路地に入った。ゴールデン街には、〝プレイバック〟という馴染みのスナックがある。

社内会議が終わって自室に戻ったのだが、酒が飲みたくなって一人で外出したのだ。岡村からは尾形のボディガードを命じられているが、二十四時間ではない。

昨年、岡村は命を狙われたことで社屋の改修工事をした。外観は変わらないが、窓ガラスとエントランスのガラスドアを防弾ガラスに替えている。また、監視カメラを増やし、人感センサーを取り付けるなどセキュリティシステムの強化を図った。尾形が会社にいる限り、安全なのだ。

ゴールデン街の通りは文字通り、灯が消えて暗くなっていた。新型コロナ流行による営業自粛《じしゅく》が続いているのだ。

「そうだよな」

肩を落とし、溜息を吐いた。自室に酒類は置いていない。恋人をテロで亡くしてからほぼアルコール依存症という状態にまで陥《おちい》り、身を滅ぼすところだった。そのため、自宅では飲まないようにしているのだ。

「帰るか。……おっ」

振り返った神谷は、一瞬右眉を吊り上げた。目の前にブラックスーツに黒シャツ、それに赤いネクタイをした背の高い男が、二人の男を従えて立っていたのだ。身長一八〇センチ、神谷より少し低いが、がっしりとした体格をしている。しかも、背後の二人も鍛《きた》え上げた体つきで、強面《こわもて》なのだ。三人ともお揃《そろ》いの黒いマスクをしており、普通なら繁華街では絶対口を利《き》きたくないタイプである。

「散歩ですか？」

男はどすの利いた声で尋ねてきた。木龍景樹《きりゅうかげき》、広域暴力団心龍会《しんりゅうかい》の若頭で、後ろにいるのは、彼の直属の部下である奥山真斗《おくやままさと》と星野正信《ほしのまさのぶ》、三人とも顔見知りである。

「この顔ぶれだと、別口の仕事かな？」

神谷は苦笑した。木龍は若い頃から岡村の情報屋という暴力団員とは別の顔を持つ。一方で心龍会では営業部長とも呼ばれており、施工会社や興信所の経営に携《たずさ》わっている。彼が他の暴力団からも畏怖《いふ》されているのは、武闘派であると同時に経済が得意なインテリだからだ。神谷が「別口」と言ったのは、奥山と星野は〝こころ探偵事務所〟という興信所の社員だからである。

「メンバーは探偵事務所ですが、仕事ではありません。これから三丁目のバーに行くつもりです。近道を通ろうとしたら、たまたま神谷さんをお見かけしたので、声をお掛けしました。まさか、この時間に〝プレイバック〟に行こうとされたんじゃありませんよね」

木龍は低い声で笑った。この男が笑うと、たいていの人間は震え上がる。昼間は常にサングラスを掛けているが、さすがに夜は外す。だが、その方が、かえって迫力がある顔になるのだ。

「酒を飲みたくなったんだ。今日は、少々、スリルを味わったものでね」

神谷は肩を竦めた。近くで爆弾が爆発し、忘れようとしているパリの同時多発テロの光景が頭を離れなくなったのだ。

「神谷さんほどのお人が味わう『スリル』ってなんですか？」

木龍は首を捻った。この男には何度か捜査を手伝ってもらっている。互いの能力も知っており、信頼しているのだ。

「ちょっと、二人だけで話せるか？」

神谷は奥山らをチラリと見て聞いた。

「それなら、ご一緒に三丁目に行きませんか？　酒も飲めますよ」

木龍はわざとらしく声を潜《ひそ》めると、路地の奥を指差した。

「ほお」

神谷が頷くと、木龍は歩き出す。もう一度振り返った。〝プレイバック〟は三十メートルほど先にある。確認するまでもなく、通りに人気《ひとけ》はない。ひょっとして、看板のスイッチを切ってこっそり営業しているかもしれないと、後ろ髪を引かれたのだ。

新型コロナの流行で、国は東京都に緊急事態宣言を出している。また、都は酒類を提供する飲食店には休業を要請《ようせい》していた。〝プレイバック〟の常連はサラリーマンが多く、また、食事を提供する店ではないので、この状況下での営業は難しいのだろう。

「〝プレイバック〟は、一ヶ月前から店を閉めていますよ。また休業要請なんて、飲食店は潰れろと言うんですかね。オリンピックを開催《かいさい》して世界中から関係者を呼び寄せ、都民には自粛しろと言うんですから、お上のすることは酷《こく》ですよ」

いつもは寡黙《かもく》な木龍が、珍《めずら》しくよく喋る。国や都の政策に腹を立てているようだ。

「圭介《けいすけ》は元気にしているのかな」

神谷は、灯《あか》りが消えた店先の小さな電飾《でんしょく》看板を横目に言った。オーナーである須藤《すどう》圭介は気の好い男で、酒を飲みながら彼と話をして憂《う》さを晴らしたかったのだ。

「彼は店の賃貸料《ちんたいりょう》を払うために建設現場で働いていますよ」

「よく知っているな」

「私が紹介しました」

木龍が表情も変えずにぼそりと答えた。この男は褒《ほ》められることを嫌うため、親切な行動をしてもあまり話したがらない。

「相変わらず、世話好きだな」

神谷は笑顔で頷いた。神谷も、元警察官だと知った木龍が岡村に推薦《すいせん》してくれたので、今の会社に入れたのだ。彼には恩義を感じている。

木龍は区役所通りに入り、バーやレストランが入っている雑居ビルのエレベーターに乗った。

五階でドアが開くと、ピアノの演奏が聞こえてくる。L字形のカウンター席の向こうに小さなステージがあった。ドレスを着た女性が、アップライトピアノでジャズを演奏している。演奏も素晴らしいが、ハスキーな女性の歌声もなんとも言えない。

「今日は、この店の閉店パーティーなんです。ピアノを演奏しているのは、この店のオーナーの新村琴音《にいむらことね》さんです。彼女は音大出身で、リサイタルも開くんですよ」

木龍は振り返ると、二人の部下にそのまま帰るように首を振った。三十平米ほどのこぢんまりとした店でカウンター席が十席、ステージに近い五つの席が埋まっている。神谷と話すためかもしれないが、他の客のために無骨な二人の部下を帰したのだろう。

「呼ばれてもいない俺が、席に座ってもいいのか？　一見《いちげん》様お断りの店だろう」

神谷はエレベーターから出たものの天井からぶら下がる豪華なシャンデリアを見て戸惑《とまど》っている。カウンターの向こうにある棚には見るからに高級な洋酒の瓶が並んでいた。かなり高級なバーのようだ。一杯ひっかけるというような気軽な店ではない。

「閉店パーティーは、コロナということもありますが、オーナーがお世話になったお客さんを少しずつ呼んで、今月末まで毎日開かれます。私はこの店の常連なんで、大丈夫ですよ。彼女はもともと六十歳を過ぎて引退を考えていましたが、残念なことにコロナが時期を早めてしまいました」

木龍はステージと反対の出入口に近い端の席に座った。ヤクザということで、他の客に気を使っているのだろう。神谷はその隣りに腰を下ろした。

「いらっしゃいませ。今日もありがとうございます」

カウンターの女性が小声で言うと、おしぼりとチーズの盛り合わせをそっと置いた。演奏の邪魔をしたくないのだろう。客は誰しもグラスを片手に新村の演奏に聴き入っている。雰囲気があっていい店だ。閉店が惜《お》しまれる。

「私のボトルで」

木龍がさりげなく言うと、女性はラガヴーリンの十六年ものと氷が入った二つのグラスを神谷と木龍の前に用意した。ラガヴーリンはイギリスのアイラ島の蒸留所で造られたシングルモルトである。

女性が二つのグラスにラガヴーリンを注ぐ。

「さきほどのお話の続きをどうぞ」

木龍はグラスを手に言った。

「実はうちの尾形が命を狙われている」

神谷もグラスを握り、今日の出来事を説明した。神谷らの周囲に客はいないので、声を潜《ひそ》める必要もなく安心して話せる。

「まさかあの〝小田京百貨店〟の現場にいらしたんですか?」

木龍が両眼を見開いた。

「あやうく、命を落とすところだった」

神谷はグラスのウィスキーを口にした。スモーキーで豊潤《ほうじゅん》な香りが、鼻腔を抜ける。

「状況からすると、狙われたのは尾形さんとは限りませんよね。神谷さんだったかもしれませんよ」

木龍はグラスを手にしたまま尋ねてきた。

「これまで名指しではないが、尾形に宛てたと思われる脅迫状《きょうはくじょう》が会社に届いている。彼は元詐欺師だ。恨《うら》みを買っている人間は無数にいるらしい。本人も自分だと、自覚している」

神谷は警察官だったが、捜査に携わる部署ではなかった。まして、スカイマーシャルは他人との接触を避けて隠密《おんみつ》に行動するため、恨まれるほどの人間関係はないのだ。

「尾形さんのボディガードだけでなく、犯人捜しもしますよね」

木龍の眼光が鋭くなった。

「もちろんだ」

神谷は木龍の視線を外さずに答える。

「お手伝いさせてください」

木龍は渋い表情で頷いた。

詐欺《さぎ》事件

1・八月十日PM8：00

　八月十日、午後八時。

　神谷《かみや》は腕時計で時間を確認すると、三〇五号室のドアをノックした。左手に紙袋を提げている。

「どうぞ」

　玲奈《れいな》の声が返ってきた。彼女から午後八時以降に、自分の部屋で打ち合わせがしたいとメールを貰っていたのだ。

　ドアを開けると、ラップミュージックが漏《も》れてきた。玲奈の好みはロックだったが、この数年はラップも聞くようになったそうだ。沙羅《さら》はポップスかクラシックである。好みの違いは趣味から服装まで様々だ。玲奈は黒かグレーの体にフィットするジーンズとTシャツをよく着ている。沙羅はパステルカラーのゆったりとしたシャツやスカートが好みだ。

　二人は面白いほど性格が違う。

　入口を背に左手は事務机と本棚が置かれた沙羅のエリアで、パーテーションを隔《へだ》てて右側が玲奈のエリアである。複数の高性能パソコンや電源装置と周辺機器が並べられたラックが奥にあり、その手前に玲奈のデスクがあった。六台のモニターに囲まれたデスクは、様々な情報が映し出されている。

玲奈の右手奥は共有スペースになっており、シングルベッドや冷蔵庫やコーヒーメーカーなどが置かれている。彼女はパソコンのキーボードを無心に叩いていた。メインのモニターはプログラム言語で埋め尽《つ》くされている。

「頼まれていたパソコンのメモリ」

神谷は紙袋を差し出した。彼女に頼まれ、専門店で購入してきたメモリである。日常的な買い物は沙羅がするのだが、時間的に無理な場合もある。また、沙羅も遠出は苦手なので、その際は他の者が買い物に行くのだが、玲奈はいつも神谷に頼む。免疫がある神谷は、頼みやすいのだろう。

「ありがとう」

玲奈は手を休めると、紙袋を受け取った。

「どんな感じだい？」

神谷は玲奈の背後の壁際にあるソファーに腰を下ろした。彼女に慣れたこともあるが、いつまでも立っていると機嫌を損ねることを知っているからだ。

「尾形《おがた》が立件されているのは、二件。二〇〇二年の西伊豆浮島《にしいずふとう》ホテルの不正融資《ゆうし》事件。それに二〇一三年の世界都市開発の抵当証券販売詐欺。いずれも主犯にアドバイスした罪に問われて逮捕されている。とりあえず、この二件の情報を本人だけでなく、警察のサーバーからもダウンロードしたの。尾形が主犯と社長から聞いていたけど、それは彼を戒《いまし》める為で、本当は違ったみたい」

玲奈はメインモニターも含む六つのモニターに、二つの詐欺事件の資料を表示させた。

「だけどどっちも世間を騒がせた詐欺事件だ。その主犯にテクニックを教えたのが、尾形さんというのなら、ある意味すごいな」

神谷は腕組みをしてモニターを見た。

「西伊豆浮島ホテルの不正融資事件は二百億円、抵当証券販売事件では九百二十億円。規模は違うけど、どちらも巨額の詐欺事件ね。尾形は、この二つの事件で指南役とされているにもかかわらず一年半と二年の実刑ですんでいる」

玲奈は鼻先で笑った。

「詐欺罪は、成立した時点で十年以下の懲役《ちょうえき》だ。巨額の詐欺事件にしては刑が軽いな」

神谷は首を捻った。

「尾形は指南したと自白していないし、詐欺事件に関しては一切金銭を受け取っていないの。彼は犯人の求めによって詐欺研究家としてアドバイスしたに過ぎず、それを実行するとは思わなかったと自供している。裁判官はグレーの存在である尾形を、裁ききれなかったのね。彼を詐欺の幇助《ほうじょ》として裁いた」

玲奈は首を横に振った。尾形が一切の利益を得ていないとすれば、実刑で二年というのは逆に重いのかもしれない。

「抵当証券販売事件は、被害者も多そうだ。恨んでいる者も多いということだな」

神谷はモニターの資料を見て言った。西伊豆不正融資事件の被害者は千人、抵当証券販売事件の被害者は一万人に達している。

「それに尾形に聞いたら、検挙されていないけど関係した事件は他にも数件あるそうね。彼は純然と詐欺を研究するのが好きで、頼りにされるとアドバイスしてしまうそうよ。私から言わせれば、ただの馬鹿ね」

玲奈は肩を竦めた。

「彼は詐欺師だと聞いていたが、実際は幇助犯だったのか。詐欺で儲《もう》けていると思ったけど、どうやって生活していたんだろう」

神谷は頭を掻《か》いた。詐欺師は正直言って重罪に問われないだけに質《たち》が悪い犯罪者だと思っていた。だが、尾形は少々違うらしい。

「株で儲けている。そっちもプロよ。だけど、彼は密かに詐欺師としてのプライドがあるみたい。だから株の話はしないでしょう。それが、私は問題だと思う。裏を返せば、犯罪者であることを認めているのと同じだから」

玲奈は口調を荒らげた。彼女は違法なハッキングはするが、それはあくまでも正義を行使する手段だと思っている。一方で、他人の思想なき犯罪行為は許せないらしい。

「被害者が少なくとも一万人もいるのなら、どうやって犯人を絞り込めばいいのかな。一人一人聞き込みしていたら、十年はかかりそうだ」

神谷は溜息を吐いた。尾形は足を挫《くじ》いたことを理由に仕事をキャンセルし、当面外出しないことになっている。ボディガードは必要ないのだ。そのため、犯人を捜査するために活動を開始した。木龍《きりゅう》も奥山《おくやま》と星野《ほしの》を自由に使って欲しいと協力を約束してくれている。

「だから被害者の中から犯罪者の可能性を見出すためのプログラムを作ったの」

玲奈はメインモニターを切り替えてプログラムを表示させた。

「犯人をプログラムで見つけられるのなら、捜査は必要ないね」

プログラムを見たところで理解できないので、首を捻る他ない。

「金銭的に困っているとか、離婚したとか、あるいは犯罪を犯していないかとか、負の要素を組み合わせて詐欺の被害に遭《あ》った後に不幸になった度合いを図るベイジアンフィルタを作ったの。条件は追加できる。これで、犯人の絞り込みはできるはず。でも、聞き込みは、人じゃなきゃダメ。プログラムじゃ、人は逮捕できないから」

玲奈は神谷を横目で見て言った。神谷の頬がぴくりと痙攣《けいれん》した。彼女は若いのに何とも言えぬ色香があるのだ。アイドルのように可愛い沙羅にはないものである。

「ベイジアンフィルタ？」

神谷は肩を竦めた。詳しく聞こうとは思わないが、話していることを少しでも理解したい。

「ベイジアンフィルタは、迷惑メールフィルタの仕組みにも使われている学習処理のアルゴリズムなの。迷惑メールで使われる言葉やアドレスなど様々なデータを登録し、解析・学習し分類する。そのアルゴリズムを使っているというわけ。分かる？」

今度は玲奈が肩を竦めた。これ以上分かりやすく説明できないのだろう。

「……なるほど。尾形さんには、私からも再度話を聞いてみるよ。人物を絞り込めば、尾形さんも何か思い出すかも」

神谷は、一拍遅れて答えた。なんとなく分かったが、あとで調べることにする。

「結果は、今晩中にメールで送るわ」

玲奈は神谷の様子を見てなぜかにやりとした。神谷がうろたえるのを楽しんでいるのだろう。

「分かった」

ソファーから立ち上がった神谷は、仏頂面《ぶっちょうづら》で部屋を後にした。

2・八月十日PM8：30

午後八時三十分、玲奈の部屋を出た神谷は、一階の一〇六号室のインターホンのボタンを押した。ドアには〝クレーマーのご相談課〟という看板が貼られている。

――どうぞ、お入りください。

インターホンの返事と同時にドアロックが開いた。リモートの電子ロックである。一階の部屋は、昨年すべてドアロックが交換された。

神谷はドアを開けて、十畳ほどの広さの応接間のソファーに腰を下ろした。

元ラブホテルだった社屋は、二〇三号室と三〇三号室を除いてすべて四十平米、約二十五畳の広さがある。事務所と私室を兼ねている者は、それぞれ工夫して使っていた。尾形は出入口側を十畳ほどの広さになるように壁を作って応接間とし、残りのスペースは個人的に利用している。壁の向こうに入ったことはないので、どのようになっているかはよく知らない。

「ご苦労様です」

尾形が奥にあるドアから足を引きずりながら出てきた。以前は部屋をパーテーションで仕切っただけだったが、昨年の暮れに業者に頼んで壁を造らせたのだ。

「まだ痛みますか？」

神谷は尾形の右足を見て尋ねた。

「腫《は》れは引いてきました。それに包帯で固定しているから楽になりましたね」

尾形は神谷の対面のソファーにゆっくりと腰を下ろした。

「さきほど、玲奈さんの部屋で簡単な打ち合わせをしてきました。これまで尾形さんが関わった詐欺事件の被害者から犯人の可能性がある人たちを絞り込んでいっています。被害を受けたために不幸になった人を絞り込むアルゴリズムで解析するそうです」

神谷は打ち合わせの内容を教えた。

「ありがとうございます」

尾形は沈んだ表情で答えた。

「尾形さんも、会社の玄関の中傷の張り紙のことは知っていたんですよね？」

神谷は質問を続けた。尾形は何か隠しているような気がするからだ。

「社長から報告は受けていました」

尾形は抑揚のない口調である。

「心当たりはないと聞いています。確かに、尾形さんは事件の主犯じゃありませんよね。しかし、どうして恨まれるんでしょうか？」

素朴《そぼく》な疑問である。二〇〇二年の不正融資事件の主犯である片山真一《かたやましんいち》は、二〇一四年に別の詐欺事件を起こして服役中。二〇一三年の抵当証券販売詐欺の主犯川畑憲夫《かわばたのりお》は、十年の実刑を言い渡されて服役していた。彼らはいずれも被害者に直接語りかけるなり、面識を持つなり詐欺を働いている。それに比べれば、尾形は被害者との接点はなく罪は軽く見えるし、被害者が殺害を計画するほど恨みを買うとは思えないのだ。

「……実は、私には気がかりなことがあります」

尾形は立ち上がると、顔をしかめてよろめいた。

「大丈夫ですか」

慌てて立ち上がった神谷は、尾形の肩を摑《つか》んだ。

「体重を掛けたらまた痛くなりました。ノートパソコンを取ってこようと思ったのです。すみませんが、バックヤードに一緒にきてもらえますか？」

尾形は神谷に支えられながら奥のドアを抜けてプライベートエリアに入った。

すぐ目の前にデスクがあり、三つのモニターが並んでいる。株の情報だろう。カタカナの社名と数字とグラフが表示されていた。デスクには証券データを扱うデスクトップマシンのキーボードとは別にノートPCが置かれている。

パソコンのデスクの右横にパーテーションが設置されており、その向こうはベッドルームになっていた。ベッドと本棚を挟んで奥にはラブホテルの名残《なごり》である各部屋共通のガラス張りのトイレとシャワールームがある。神谷も入居したての時、自分の部屋でシャワーを浴びるのが落ち着かなかった。

「もう一度、監視映像を見てください」

尾形は椅子に座ると、ノートPCに会社の監視映像を表示させた。エントランスに不法侵入した男の映像である。何度見たところで、犯人がフードを被っているので顔を確認できないことに変わりはないはずだ。

「この男に見覚えがあるんですか？」

神谷は尾形の背中越しにモニターを覗き込んで尋ねた。

「格好からして十八、九という感じじゃないですか？」

尾形はモニターに映る犯人を指差した。

「多分そうでしょうね。エントランスから猛ダッシュで逃走しています。身軽な感じから、若いと思いますよ。それから、一八九センチと長身のようです」

男が脇目も振らずに走り去る様子は、会社の外に設置してある監視カメラにも映っているのだ。身長は玲奈が映像から割り出している。

「うーむ」

尾形は腕を組んで唸った。

「この若者に見覚えが？」

神谷は咎《とが》めるように再度尋ねた。尾形の意味ありげな態度に苛《いら》ついたのだ。

「実は、私は二〇〇二年に一時の過《あやま》ちを犯してしまったのです。その時に子を授かったと考えれば、辻褄《つじつま》が合うような気がするのです」

尾形は俯《うつむ》いたまま話をした。

「子供？」

神谷は質問を続けた。というか、これは尋問《じんもん》だ。

「若気の至りです。母親の行方《ゆくえ》も分かっていません。認めたくはないのですが、犯人はひょっとしてその子ではないかと思い始めたのです」

尾形は答えると、大きな溜息を吐いた。

「それじゃ、詳しく話を聞きましょう」

咳払《せきばら》いをした神谷は、パーテーションに立てかけてある折り畳み椅子を広げて座った。

3・八月十一日PM1：40

八月十一日、午後一時四十分。

神谷は白いジープ・ラングラーのハンドルを握り、東名《とうめい》高速道路を走っていた。運転している車は、会社の車で昨年国立競技場のテロ事件で、犯人に爆発されたのと同じ車種である。実用性が高いということもあるが、岡村《おかむら》の好みらしい。乗用車というより、トラックを運転する感覚に近い。それだけに運転席からの視界は良く、疲れ難《にく》いのだが、神谷は大きな口を開けて欠伸《あくび》をした。

昨夜、玲奈と打ち合わせをした後で、尾形から話を聞き、午後十一時を過ぎてから部屋に戻っている。パソコンを確認すると、玲奈のプログラムで解析した犯人候補の名簿が届いていた。一万一千人から絞り込んだとはいえ、八十二名もおり、目を通しただけで疲れてしまったのだ。いつものように朝の六時に起きて運動をして、午前中は自分でも資料を取り寄せて調べた。四時間ほどの睡眠だったが、中途半端だったかもしれない。

「お疲れなら、いつでも運転を代わりますよ」

助手席の奥山が、神谷に釣られて欠伸を噛み殺して言った。神谷のボディガードに付けたいという木龍の提案を素直に受け入れた。自分の身は自分で守れる自信はある。だが、捜査は人手があった方がいいからだ。

奥山は高等専門学校在学中に暴力事件を起こして逮捕《たいほ》され、釈放後にやけになって新宿で暴れているところを心龍会の若い者に袋叩きにあったそうだ。だが、木龍に救われて心龍会の一員になり、今に至っている。彼は心龍会で働きながら通信教育で高校卒業資格を取った。その勤勉さを認められて木龍の直属の部下になったのだ。大手の興信所に四年間修業に出されて、探偵としての技量は持っている。

また、同じく木龍の直属の部下である星野は、岡村の許可を得て夜間は911代理店の空《あ》き部屋で待機することになった。彼は高校を中退して心龍会に入ったものの木龍の勧めで夜間高校を卒業し、夜間制の大学まで進学したという異色の経歴のヤクザである。高校、大学と空手部に所属しており、実戦空手三段の腕前である。神谷の留守《るす》中は、尾形のボディガードをするのだ。

会社は二階に三部屋も空き部屋があり、ラブホテル時代のベッドがそのままの状態なので、埃《ほこり》っぽさを我慢《がまん》すればいつでも宿泊可能である。

「大丈夫だ。こう見えても、久しぶりの運転を楽しんでいるんだ」

疲れているのは事実だが、嘘《うそ》ではない。ラングラーは二〇一七年型の中古だが、走行距離は三万キロでエンジンの調子もいいため、遠出がしたかったのだ。

「ボスが、神谷さんの腕っ節と男前に惚《ほ》れ込むのも無理はないですね」

奥山は神谷の横顔を見て苦笑した。

「それは、こっちのセリフだよ。木龍さんの本職はともかく、あれ以上の善人はないと思う。今の会社にいられるのも彼のおかげだ」

神谷はしみじみと言った。

「組織のことを言われると耳がいたいですね。ここだけの話ですが、ボスはゆくゆく今の組織からアングラマネーを駆逐《くちく》して、健全な法人にするのが目標だそうです。私と星野もそのつもりで仕えています」

奥山は毅然《きぜん》としている。アングラマネーとは税を逃れた地下経済の金だ。暴力団においてはみかじめ料、違法賭博《とばく》、売春、覚醒剤《かくせいざい》の密売など犯罪行為によって得られた闇の利益である。

「彼らしいな。ただ、先は長そうだ」

神谷は小さく頷いた。今の暴力団は多角経営しており、アングラマネーに頼らない会社を経営するケースもある。だが、その比率を高めて健全な組織にするのは不可能に近いだろう。

「私もそう思いますし、木龍さんもお分かりです。『一緒に夢を見てみないか』と言われたんです。我々のようなはみ出しものを雇《やと》ってくれるのは、カタギの会社ではありません。木龍さんは、半端者に職を与えてまともに生きることを教えてくれます。それが、世の中をよくしていくことだとお考えなのです」

奥山と星野の言動は、いつもながら木龍に心酔していることが分かる。

「なるほどな。今度から君らを『助《すけ》さん、格《かく》さん』と呼ぶことにするよ」

そして木龍は、水戸黄門《みとこうもん》といったところか。

「勘弁してください。私たちは、そんなに格好いいもんじゃありませんから。それよりも、西伊豆浮島ホテルの不正融資事件は、どんな事件ですか?」

奥山は手を振って笑った。彼には事件を調べると言っただけなのだ。

「主犯は片山真一、当時片山は西伊豆の浮島周辺の大地主と称し、建設コンサルタントの西伊豆開発と組んで詐欺事件を起こした。彼らは浮島にリゾートホテルとビーチを建設すると称し、地元の銀行から七十億円の融資を受けた。その際、片山は偽《にせ》の土地の登記簿謄《とう》本《ほん》を作成し、地元の法務局に忍び込んで本物と差し替えるという手の込んだことをしたそうだ。地銀はまさか法務局の登記簿謄本が偽物だとは思わないため、まんまと騙《だま》されたらしい。結局、地銀は貸し付けた七十億円を回収できずに、倒産した」

神谷は事件について、玲奈から得た情報はすでに頭の中にインプットしている。

「確か、百億円詐欺と当時話題になったと記憶していますが」

奥山は首を捻った。

「十九年も前のことをよく覚えていたな。片山は西伊豆開発を介して、準大手ゼネコンにホテルや周辺道路の設計図や完成予想図を作らせた。その上で、会員制ホテルだと公募し、千五百人から三十億円も掻き集めたというわけだ。地元住民にも説明会までしており、誰しもこれが詐欺とは気付かなかったらしい。実際、測量もされていたから疑われなかったのだろう。だが、工事予定日が過ぎても着工されず、おかしいと気付いた時には、片山は海外に高飛びしていたそうだ」

神谷は鼻先で笑った。真相を知っていたのは、片山と西伊豆開発の社長である牧田《まきた》だけだったようだ。もっとも、アイデアを提供したのは、尾形である。

「驚きましたね。作り話で百億円も騙すとは」

奥山は目を丸くしている。

「尾形はアイデアを提供するために現地の下見までした。その際、土地を案内してくれた地元の宿の娘だった吉本絵理香《よしもとえりか》さんと一夜限りの愛を結んだというわけだ。尾形は吉本さんが、妊娠したことすら知らなかったらしい。風の便りに彼女が苦労しているという話を聞いたことがあるそうだ。だが、彼女がどうしているか知るのが怖くて調べなかったと言っている。恨まれるのも当然のような気がするよ」

神谷は溜息を吐いた。昨日、尾形から事情を聞いたが自分の知らないところで、他人の人生を狂わせてしまったことが恐ろしくて忘れることにしたというのだ。あまりにも無責任で身勝手としか言いようがないが、詐欺事件に関わっていたために西伊豆に足を踏み入れることが出来なかったという。

「複雑な事情があるようですね。とりあえず、その吉本さんを捜すのが先決ですね」

奥山はさっそく小さなメモ帳を出して書き記している。頼もしい限りだ。

「俺が頼りない分、よろしく頼む」

神谷は左手で、奥山の肩を叩いた。

4・八月十一日PM4：40

午後四時四十分、西伊豆町仁科《にしな》。

神谷と奥山は、浮島海岸に近いこぢんまりとしたホテルのテラス席で食事をしていた。早めの夕食だが、昼飯を食べずに会社を出たので遅すぎる昼飯とも言える。

テラスには二組の水着を着た若い男女が、それぞれ離れたテーブル席に座っている。神谷らはTシャツとジーンズとラフな格好をしているが、それでも少々浮いていた。

二時間ほど前に到着し、聞き込みをしていたが、手応《てごた》えがないので腹ごしらえを済ませることにした。海岸前にも気軽な食堂があったのだが、食事時でもないのに、満席で入れなかったのだ。新型コロナが流行しているとはいえ、夏休み期間中の行楽地であるため覚悟はしていた。

新型コロナの影響でどこの海岸も遊泳客が減って閑散《かんさん》としていると聞いている。浮島海岸は砂浜ではなく、ゴロ石だらけで足場は悪い。それでも海水浴客だけでなくダイバーの姿が少なからずあった。

「いい眺めですね」

奥山はスプーンの手を止めて、建物の隙間《すきま》から見える海を見て言った。仕事柄東京を離れることがめったにないので、自然を堪能《たんのう》しているのだろう。

海岸は幅が二百メートルほどの入江になっている。ホテルの建物が邪魔で全景は見えないが、入江の右手には洞窟《どうくつ》がある岩崖《がんがい》、左手はこの海岸の名物とも言える海中から突き出した奇岩がいくつもそそり立つ景勝地である。

「ここは、小さな入江だが、ダイビングスポットとして人気がある。シュノーケリングが目的で来る海水浴客も多いんだ。景色もいいが、海の中はもっと綺麗だぞ。詐欺事件の舞台にここを選ぶとは、さすがだと言えるな」

神谷はシーフードカレーを食べながら言った。機動隊時代もそうだったが、SAT時代も訓練に明け暮れた。だが、休日は自分の可能性を広げるために、ダイビングも含め様々なライセンスを取得している。西伊豆の海は透明度が高く、東伊豆に比べて波が荒れない浦が多いため、ダイビングに適していた。

機動隊の隊長から初代スカイマーシャルに推薦されたのも、語学力や機動隊での訓練実績だけではなく、様々なライセンスを取得して自分磨きに精を出す神谷の姿勢がポイントになったらしい。ダイビングのライセンスを取得後に浮島海岸にも潜《もぐ》りに来たことがあるのだ。

「よくご存じですね。だから、ダイバーが多いんですね」

奥山は視線をテラスの近くにあるプールに移して言った。プールサイドにダイビング用のボンベやダイビングマスクなどが置かれている。プールサイドに設置してあるシャワーを海から戻ったダイバーが使っているのだ。

「リゾートホテルは、右手にある丘の上に建てる計画だった。駿河《するが》湾と海岸の奇岩の絶景が見渡せるというのが売りだ。しかも、ゴロ石の海岸に砂を入れてプライベートビーチにする。また、ホテルからダイバーが直接海に入れるように水中エレベーターを設置するなど、高級リゾート海岸にするだけでなく、ダイビングスポットとして今以上に充実させる。また、この海岸への道路整備も含まれるため、地域経済を活性化させる効果もあった。この偽の計画に地銀や西伊豆町の住民だけでなく、町議会も騙されたというわけだ」

主犯の片山の騙しのテクニックは、尾形が提案した計画とまったく同じであった。というか、尾形の計画が完璧だったのだ。

西伊豆町の大半は山林で、住民のほとんどは海岸に面した僅《わず》かな平地で観光を生業《なりわい》として暮らしている。北は黄金崎《こがねざき》公園、南は堂ヶ島《どうがしま》温泉と有名な観光地はあるが、東伊豆に比べれば、集客力は弱い。その点浮島海岸はほぼ中央に位置するため、この地が活性化すれば、西伊豆町全体の経済は発展することが予測された。

「よく考えられた素晴らしい計画ですね。住民じゃなくても騙されますよ」

奥山は肩を竦めると、シーフードカレーを黙々と食べ始めた。

「さて、日が暮れる前に行くか」

十分後、カレーライスを平らげた神谷は席を立ち、プールサイドを見た。席を埋めていた客の大半は、いなくなっている。プールサイドには六人分のボンベが新たに用意されていた。時間的に日没前の最後のダイビングか、ナイトダイビングの準備をしているのだろう。このホテルはダイビングの基地になっているのだ。

「ダイビングって面白そうですね」

立ち上がった奥山が神谷の隣りに立った。鍛えた体をしており、神谷と背格好が似ている。ウェットスーツを着ているダイバーが珍しいらしい。若い頃からヤクザになり、趣味もなくひたすら組のために働いてきたと聞いた。テレビや映画で見る遊び人のヤクザとはイメージが違うのだ。

「トライしてみたらどうだ。ライセンスは簡単に取れるぞ」

神谷はテラスの外に出た。食事前の聞き込みは、吉本絵理香の実家である〝浮島旅館〟を訪ねたのだが、四年前にオーナーが代わっていた。

絵理香の母親は九年前に癌《がん》で亡くなっており、父親の康平《こうへい》もこの数年糖尿《とうにょう》が悪化し、仕事が手に付かない状態だったらしい。旅館も開店休業で借金の返済が滞《とどこお》り、現在のオーナーに旅館を売って引っ越したそうだ。近所に聞き込みに回ったのだが、誰も行方を知らないと答えた。

「それは、夢ですね。とりあえず、あと八軒残っています。この町での聞き込みを終えましょう」

奥山は苦笑すると歩き出した。彼らにはプライベートがないのかもしれない。車はホテルの裏にある駐車場に入れてある。食事をするからと言って、無理に停めさせてもらった。聞き込み先は五百メートル離れた町外れの住宅であるが、車を停める場所はないらしい。一旦車を出して海岸前にある公営の駐車場に移動しなければならない。

「神谷さん！」

先に駐車場に入った奥山が声を上げた。

「どうした？」

神谷も慌てて駐車場に駆け込む。

「見てください。前輪が二本ともやられていますよ」

奥山はラングラーの前で腰を落とし、パンクしている前輪を指差した。タイヤの側面を鋭利な刃物で刺したのだろう。

「まいったな。一本ならスペアタイヤでなんとかなるが」

眉を吊り上げた神谷は駐車場を見回した。近くに停めてあるアウディの前輪もパンクしている。駐車場と言っても、誰でも出入り出来るただの空き地だ。外車を狙った悪質な悪戯に違いない。今日中の修理は難しいだろう。

「とりあえず、片方だけでもタイヤを取り替えます」

奥山がバックドアを開けて工具を取り出した。

「ホテルにチェックインしてくるよ」

大きな溜息を吐いた神谷は、駐車場を後にした。

5・八月十一日PM7：10

午後七時十分、西伊豆町仁科。

神谷は浮島海岸の護岸に造られた転落防止の木製の柵《さく》に腰を下ろし、暗い海を眺めていた。柵は一メートルほどの高さなので、座るのにちょうどいい。十数メートル斜め後方の上部に「浮島海岸」下部に「燈明ヶ崎《とうみょうがさき》遊歩道」と矢印が記されたコンクリート製の樹木を模した大きな看板がある。外灯はその看板の上にあるだけなので、辺りはほどよい闇に包まれて海辺の情緒《じょうちょ》があった。ちなみに燈明ヶ崎は浮島海岸から一キロほど北にある風光明媚《ふうこうめいび》な小高い岬《みさき》である。

柵に沿って護岸には五十台停められる有料駐車場がある。昼間は満車だったが、今は三台の車が停まっているに過ぎない。

夜空は雲に覆《おお》われ、三日月すら光を失っている。波打ち際まで下りたいのだが、海岸はゴロ石で足元が悪いため護岸の上で我慢していた。

リゾートホテルの駐車場に停めていたラングラーの前輪が二本ともパンクさせられ、足止めをくらっている。一本はスペアタイヤで修理した。こんな時にJAFに入っていればよかったのだが、社員は皆車の修理くらい自分で出来るからと入会していなかったのだ。

食事をしたホテルのフロント係に尋ねると、町外れにある自動車修理工場に連絡してくれた。サイズが合う全地形タイヤとも呼ばれるオールテレーンタイヤの在庫がなかったので、明日の朝一番に取り寄せてくれるそうだ。

ホテルにチェックインしようとしたが、満室であった。だが、近隣の宿を紹介してくれたので、そこにチェックインした。六畳一間の共同トイレという民宿のような施設だが、寝るだけなので文句はない。それに夕食は海辺の宿らしく刺身の盛り合わせと意外にも豪華だったので満足している。だが、狭い部屋に戻る気になれずに夜の散歩に出たのだ。

「また、光りましたよ」

隣りで目を凝《こ》らして海を見ていた奥山が、子供のように声を上げて手を叩いた。波打ち際で海蛍《うみほたる》が青白く光を放ったのだ。

「今日は曇り空でラッキーだったな」

神谷は奥山を見て笑った。気分転換になるだろうと奥山を連れ出したのだが、こんなに喜ぶとは思ってもいなかった。

「海蛍を見るのは、生まれて初めてです。海に来るのも二十八年ぶりですよ」

奥山は興奮した様子で言った。彼は今年で三十七歳と聞いている。最後に海に来たのは九歳の時だったらしい。

「小学校や中学校で林間学校や移動教室があったんじゃないのか?」

神谷は何気なく尋ねた。幼き頃から高校まで親の仕事の関係で、海外生活を経験した。大学時代に友人同士が集まって移動教室の話題で盛り上がったことがある。だが、神谷は蚊帳《かや》の外だった。

「お恥ずかしい話ですが、うちは貧乏《びんぼう》だったので、参加費が払えなくて一度も移動教室や修学旅行にも行ったことがないんですよ。給食費すら満足に払えなかったものですから」

奥山は頭を掻いて笑った。

「……そうか」

神谷は言葉を切ると、波打ち際を見つめた。自分の両親が裕福だったことが、奥山の話を聞いてなぜか後ろめたく感じたからだ。

貧困という言葉の本当の意味を知ったのは、警察官を辞職してヨーロッパを放浪するようになってからだ。大学を出る前に両親は離婚し、一家は離散していたので気ままだったこともある。飲まず食わずの貧乏にもサバイバル訓練だと思って耐えられた。働けば、貧困から抜け出せると思っていたこともある。だが、それが子供だったらと思うと、やるせなく言葉が続かなかったのだ。

「うっ！」

突然奥山が呻《うめ》き声を上げ、木製の柵の向こうに落ちた。

「奥山！」

叫んだ神谷は慌てて柵の下を覗こうと、頭を下げた。同時に頭上で風切音がする。何かが高速で飛来してきたのだ。

「なっ！」

神谷は腰を落とした。瞬間、木製の柵に矢が刺さった。矢の飛来した方角は、道を隔てて右手の雑木林の中からだ。敵は暗闇の中。シルエットすら分からない。

五メートルほど右手に停めてある車の後ろに転がった。左手にも車はあるが、十数メートル先なのだ。柵の下から海岸に下りることもできる。だが、敵が護岸まで迫ってきたら、足元が悪く身を隠す場所もない海岸では標的になるだけだ。それに神谷が敵に対処しなければ、奥山がさらに危険に晒《さら》される可能性もある。

「奥山！」

もう一度呼びかけた。

「……大丈夫です」

奥山が小声で答えた。

「そこにいろ」

神谷はTシャツを脱《ぬ》いで右手に握り、車の端から振った。

風切音、Tシャツに軽い衝撃を覚える。矢が貫通したのだ。

神谷は車の陰から飛び出し、道を斜めに渡って「浮島海岸」の看板の後ろに隠れた。支柱は木の切り株のデザインになっており、直径が一メートルほどあるので盾《たて》となる。

敵の飛び道具は、矢が短く羽が小さいのでクロスボーに違いない。アーチェリーよりは矢をつがえるスピードは速くできるだろうが、拳銃と違って連射はできないはずだ。

看板の一メートル先は雑草が生茂《おいしげ》る雑木林だが、身を隠せそうな木は数メートル離れている。そこまでは街灯に照らされているが、その向こうは闇に閉ざされていた。

また、浮島海岸の看板の二メートル右隣りに燈明ヶ崎までの遊歩道の案内板があり、その右隣りにも地震津波を警告する看板がある。犯人はそれらの障害物の隙間から奥山を狙ったようだ。神谷と奥山は背格好が似ているので、奥山は誤って射たれたに違いない。区別がつかないので二人とも射貫けば問題ないと、犯人は思っている可能性もある。神谷は右手のTシャツを振ってすぐ引っ込め、左手に持ち替えて看板の支柱から差し出した。

Tシャツが射貫かれる。神谷は看板の後ろから飛び出し、雑木林に駆け込んだ。

暗闇がざわめく。敵が動いたのだ。

神谷は雑木林の闇をジグザグに進んだ。

雑木林の左側にあるブロック塀を黒いシルエットが飛び越した。

「逃がすか！」

神谷もブロック塀を軽々と飛んで、道路に出た。

「くっ！」

耳元をクロスボーの矢が唸《うな》りを上げて飛んで行き、思わず足を止めた。右手で押さえると血が付着する。敵は神谷の動きを読んで待ち構えていたらしい。

人影が前方に停めてあったバイクに飛び乗ると、猛スピードで走り去る。

「くそっ！」

舌打ちをした神谷は、全速力で海岸に戻った。

「奥山！」

木製の手摺《てす》りから身を乗り出し、奥山の名を呼んだ。

「ここです」

奥山は駐車場に停めてある車の後ろから右肩を押さえながら現れた。右肩にクロスボーの矢が刺さったままである。

「救急車を呼ぼう」

神谷は奥山を見て、スマートフォンを出した。

「救急車はやめてください。マスコミに騒がれれば、神谷さんにご迷惑が掛かります。さきほど、木龍さんに連絡しました。二時間半で来られると思います。すみませんが、私はお役御免《ごめん》ですね」

奥山は笑って見せた。矢が刺さった状態で救急車に運ばれれば、地元の病院から必ず警察に通報される。確かに大ごとになるだろう。

「俺のことは気にしなくていいんだ」

神谷は首を横に振った。

「神谷さんは良くても、私は困ります。マスコミは被害者である私を調べ上げるでしょう。すると私の探偵事務所が、組のグループ会社であることも嗅《か》ぎつけるはずです。それが困るのです。ヤクザの抗争と簡単に片付けられるでしょう。結果的に神谷さんだけじゃなく、組にも迷惑が掛かります」

奥山は海岸を東に向かって歩き出した。

「どうするつもりだ？」

溜息を吐いた神谷は尋ねた。彼の言う通りだろう。反論の余地はない。

「神谷さんの車にワイヤーカッターがあったはずです。それで矢を切断し、目立たないようにするんです。さすがに引き抜くのは危険ですから」

奥山は傷口を押さえて平然と答えた。タイヤ交換する際に荷台の工具を見たのだろう。車は〝鍵のご相談課〟の貝田《かいだ》と〝セキュリティのご相談課〟の外山《とやま》がよく使うため、彼らが使う工具が入れたままになっているのだ。

奥山の肩に刺さっている矢はアルミシャフト製なので、ワイヤーカッターで簡単に切断できるだろう。

「分かった。ここで待っていろ」

神谷は渋々頷いた。

非嫡出子

1・八月十一日PM11:15

午後十一時十五分、沼津《ぬまづ》市大手町《おおてまち》。

神谷はホテルを出た木龍に従って外堀通りを渡り、一方通行の路地に入った。

沼津は初めて来た街である。木龍は勝手が分かっているらしく、迷うことなく歩いているようだ。

一時間半ほど前に、奥山の連絡を受けた木龍が西伊豆町仁科にやって来た。木龍は四人の部下を引き連れて二台のベンツで颯爽《さっそう》と現れた。夜間とはいえ、相当飛ばしてきたようだ。引き連れてきたのは、いずれも一目でその筋の人間であることが分かる男たちばかりである。

手下は若い連中ばかりで奥山に聞いてみると、木龍配下の組の親衛隊のメンバーらしい。暴力団の抗争や組の幹部の護衛をする連中だ。木龍の命令ならいつでも死ねる命知らずの男たちである。

彼らは神谷と負傷した奥山を連れ帰ることが目的だった。だが、神谷は捜査を続けたいので残ると言うと、木龍は部下とともに付き合うと言い出したのだ。仕方なく、神谷は彼らと沼津駅に近いホテルにチェックインした。負傷した奥山は、彼の部下と東京に戻った。

心龍会の息が掛かった外科医が手術するそうだ。

百五十メートルほど歩き、ＪＲの線路が見える道に出た。南口の駅前ロータリーに近い場所だが、商店はほとんどなく、どこかうらぶれた感じがする通りである。それでも都内と違い、新型コロナの感染者が少ない静岡県は緊急事態宣言が出ていないため、この時間でも営業している店があるようだ。

六十メートルほど進み、木龍は祇園小路《ぎおんこうじ》という看板を掲《かか》げた路地の前で立ち止まった。一見路地に見えるが、ビルの中央をくり貫いた袋小路である。突き当たりはＪＲの線路だ。営業している店は少ないが左右に飲食店がずらりと並んでいた。和食店があるせいか、新宿のゴールデン街よりも昭和の香りを色濃く残している気がする。

「昔は、この辺《あた》りはたいそうな繁華街だったんですよ。ここの馴染みだったこともあります。いまじゃ、廃《すた》れちゃいましたけどね」

木龍はそう言うと、祇園小路に足を踏み入れた。彼にとって思い出深い場所らしい。幅二メートルそこそこの小道はアーケードのようになっており、ビルの中とは思えない。レトロなテーマパークに入ったような錯覚《さっかく》を覚える。

「ほお」

木龍に従った神谷は周囲を見回し、にやりとした。どこもそうだが、どことなく猥雑《わいざつ》な雰囲気がある裏通りは魅力がある。

「お邪魔します」

木龍は数軒先の小料理と看板を出す店の暖簾《のれん》を潜り、引き戸を開けた。

「いらっしゃいませ。待っていたわよ」

カウンターの向こうから割烹着《かっぽうぎ》を着た品の良い女将《おかみ》が、右手を可愛らしく振った。髪を後ろで丸くお団子にまとめ、昔ながらの珊瑚《さんご》玉《だま》の簪《かんざし》を挿している。年齢は七十代半《なか》ばか。背筋はまっすぐ伸びているが、小柄である。

「すみません。どうしても女将さんの顔が見たくなって、無理を言いました」

客はいないが木龍は一番奥のカウンター席に座り、マスクを取った。彼は浮島海岸を出る際に、店に電話をかけていた。閉店時間は、とうに過ぎたのだろう。

カウンター席が六つ、小さな二人席のテーブルが二卓とこぢんまりとした店だ。壁には所狭しと手書きのお品書きが張り出されており、はじめての店だが、どことなく懐《なつ》かしさを覚える。店の雰囲気というより、女将が母方の亡くなった祖母に似ているせいかもしれない。

神谷はマスクを取って女将に笑顔を見せると、木龍の隣りに座った。

「しばらく見ないうちに偉くなったと聞いたわよ」

女将はおしぼりを神谷と木龍に手渡して来た。彼女は、木龍のことをよく知っているらしい。

「ご存知のようにうちの会社は全国展開していまして、沼津にも支店があります。私は若い頃、沼津にも修業に出ていました。その頃、女将には世話になりましてね。かれこれ十七、八年前のことです。ビールと、おつまみは適当にお願いします」

木龍は苦笑を浮かべると、おしぼりで手を拭いた。広域暴力団を全国展開とはよく言ったものだ。

「お疲れ様」

女将は二つのグラスにビールを注《つ》いだ。

「明日の捜査は、私がお手伝いします」

木龍は女将に軽く頭を下げ、グラスを手にすると言った。沼津に来る車の中で、捜査の状況は話している。

浮島海岸のホテル駐車場で、奥山が車にスペアタイヤを取り付けた後、聞き込みを再開している。意外にも町外れの家で、潰れた浮島旅館に勤めていた村上芳子《むらかみよしこ》という女性を見つけた。彼女から吉本絵理香の情報を得られたのだ。

絵理香は、十八年前に悠太《ゆうた》という男の子を産んでいる。実家である旅館で暮らしていたが、息子が三歳の時に沼津で就職口が見つかったために引越ししたそうだ。未婚の母となったことで家族の風当たりが厳しく、いたたまれなくなったらしい。

村上は絵理香から親に宛てた手紙の住所を見たことがあるそうだ。番地までは覚えていないが、最後の手紙が来たのは、七、八年前らしい。

父親は旅館を売った後、伊豆の兄のところに身を寄せていたが、一年前に糖尿病の悪化で亡くなったそうだ。

「折角だが、遠慮するよ。奥山君に怪我させてしまったし、これ以上迷惑をかけたくない。そもそも、忙しいんじゃないのか？」

神谷もグラスを手にすると、女将に会釈《えしやく》してビールを呷《あお》った。

「はい、小海老《こえび》の唐揚げ、それにほうれん草のお浸《ひた》し」

女将は神谷らの会話を気にすることもなく、カウンターにおつまみを並べた。客の話を聞き流す、熟練の技といったところだろう。

「犯人は、私の部下に手を出したんですよ。私が動かなきゃ示しがつかないんです。失礼ですが、もはや神谷さんだけの問題じゃないんですよ」

木龍は右眉を吊り上げたまま、小海老の唐揚げを摘《つま》んだ。いつも感情を表に出さない男だが、かなり腹を立てていたらしい。ヤクザは身内に手を出した者を許さないと聞いたことがある。手下思いの木龍ならなおさらなのだろう。

神谷も、釣られて殻《から》ごと揚げてある小海老の唐揚げを摘む。衣《ころも》に適度な塩気が効《き》いており、香ばしくふっくらとした海老の味を引き立てている。いくらでも食べられそうだ。

「……申し訳ない。手伝ってもらうよ」

口の中の海老をビールで流し込んだ神谷は、小さく頭を下げた。

2・八月十二日AM9：30

翌日の朝、神谷は国道414号線を走るベンツSタイプの後部座席に木龍と並んで座っていた。

運転している男は、中森拓郎《なかもりたくろう》、三十七歳。奥山は親衛隊と言っていたが、心龍会傘下《さんか》の警備会社〝株式会社ASLOOK警備保障〟の課長という肩書きを持っているらしい。会社名を聞いた時は、某大手警備会社と似ているため思わず吹き出しそうになった。命名したのは、木龍らしく「Always We Look at You.」、日本語に訳せば「私たちはあなたを常に見ている」と、なんとも微妙な英語の略だそうだ。

木龍は真面目《まじめ》な顔で説明したが、消費者が大手警備会社と間違えることを意識したに違いない。

木龍は組の様々な部署を法人化し、組員に合法的に給料という形で金を渡している。また、法人化することで民間企業として外部から仕事を請け負《うお》うことを可能にしたのだ。これは、彼が密かに進めているアングラマネーに頼らない試《こころ》みの一つである。

だが、警視庁は、法人化は資金洗浄の隠れ蓑《かくみの》だと警戒しているそうだ。実際、法人化した会社で、麻薬の売買がされていたこともあり、警察だけでなく木龍も無法な組員に対して神経を尖《とが》らせているという。

助手席には、地元の〝西橋《にしはし》不動産〟の社長である西橋寿造《としぞう》という六十代後半の男が緊張した様子で座っていた。

浮島旅館の従業員だった村上の情報では、絵理香の親宛の手紙に記されていたのは「沼津市下香貫《しもかぬき》」だったというが、番地までは覚えていないそうだ。ただ、最初の頃は〝狩野《かの》川《がわ》荘一〇三号室〟という記載もされていたらしい。

木龍は朝一番で心龍会と関わりがある西橋不動産に行き、社長である西橋に調べさせた。彼は同業他社にも連絡を入れて二十分ほどで調べ上げている。

心龍会の若頭が東京から来ているので、生きた心地がしないようだ。外気温は二十八度あるが、車内はエアコンが効いて快適である。だが、彼は一人で大汗を掻いていた。

神谷はポロシャツに綿パンという軽装だが、木龍と中森はビジネススーツを着ている。木龍はいつもと違い、サングラスでなくビジネス用の黒縁の眼鏡をかけていた。

五分後、中森は車を左に寄せ、ハザードランプを点滅させた。

「住所はここらしいです」

中森は後ろを振り返って言った。狭い歩道には金網のフェンスが立てられている。建設工事現場のようだ。

「狩野川荘は昨年閉鎖され、今年の五月からマンションを建てるための工事が始まっています。大家の寺岡《てらおか》さんはこの近くに住んでいますが、偏屈《へんくつ》な男ですよ。暇なくせに忙しいからと三十分なら会ってやると、偉そうに言われてしまいました」

西橋はバックミラーで木龍の顔色を窺《うかが》いながら説明した。

「さっそく、話を聞きに行きましょう」

木龍は丁寧に言った。一般人を驚かせないように気を使っていることがよく分かる。

「はっ！」

中森は軍人のように鋭く返事をすると、車を出した。

西橋の案内で国道から逸《そ》れて脇道に入り、五百メートルほど先の交差点を左折したところで小さな駐車場に入った。個人の駐車場らしく、その後ろに豪邸が建っている。

「寺岡さんは、この辺りの大地主なんです」

西橋は手提げ袋を手に車を降りると、大きな門のインターホンのボタンを押した。

中森を車に残し、三人は建坪が百坪ほどの家に入った。家政婦の案内で二百坪ほどの中庭が見える応接間に通される。西橋が大地主と言った意味がよく分かった。中庭の奥にはさらに大きな屋敷が二つも建っていたのだ。

五分ほど待たされ、五十代と七十代の男が応接間に入って来た。二人とも夏らしくアロハシャツを着ており、書類バッグを年配の男が提げている。

「寺岡です。東京からわざわざ潰れたアパートのことで調べに来たと聞きましたが、いったい何事ですか？」

意外にも五十代半ばと思われる男が、挑《いど》むような口調で言った。朝早くから押しかけられて腹を立てているようだ。西橋が電話のやり取りで寺岡を偏屈だと思ったのは、寺岡が個人あるいは会社を調べられると思って身構えていたからだろう。

「私は911代理店という会社の探偵をしており、警視庁の捜査にも協力しています。ニュースでご存知だと思いますが、八月九日に新宿の小田京百貨店で起きた爆弾事件の犯人捜査をしております。ご協力願えますか？」

神谷は寺岡に名刺を渡すと、落ち着いた口調で尋ねた。嘘ではない。警視庁捜査一課の畑中一平《はたなかいっぺい》には、独自に捜査をしていると伝えてある。捜査状況を報告するという条件で、情報を共有する約束をしていた。

「国税局かと思ったら、爆弾事件？　どういうことですか？」

寺岡は首を傾げ、口調を和《やわ》らげた。経理上の問題があって調べられると思っていたに違いない。

「爆弾事件の重要参考人として、狩野川荘に住んでいた吉本絵理香の息子である吉本悠太を追っています」

神谷は力強く言った。尾形の過去を聞いて、半信半疑で吉本絵理香を調べようと西伊豆に赴《おもむ》いた。命を狙われたのは、悠太が過去を知られるのを恐れたからだと思っている。また、彼は911代理店を見張っており、神谷らの行動を把握《はあく》していたと考えれば、爆弾事件も狙われたことも辻褄が合う。

「昨年、取り壊しになったアパートですか？　私は、自分の不動産のすべてを把握しているわけではないんですよ。詳しい話は、番頭の佐藤《さとう》に聞いてください。忙しいのでこれで失礼します」

寺岡は自分に関係ないと安心したのか、さっさと部屋を出て行った。

「少々、お待ちくださ い。狩野川荘の吉本絵理香さんですね。聞いたことがあるような……」

佐藤は老眼鏡を掛けると、書類バッグからファイルを取り出した。番頭と呼ばれているのは、おそらく寺岡の親にも仕えていたからだろう。

「待てよ。吉本……絵理香？　あっ！　あの吉本絵理香か。なんで思い出さなかったのだろう」

舌打ちをした佐藤は指先を舐《な》めると、ファイルを捲《めく》った。

「分かりましたか？」

佐藤が急に「さん」付けを止めたので、神谷は遠慮がちに尋ねた。

「一〇三号室に住んでいた吉本絵理香は、二〇一三年の十一月に自室で首を吊って死にました。おかげで一〇三号室は、その後一年半も店子《たなこ》が入りませんでしたよ」

佐藤は鼻から荒い息を吐き出し、首を何度も横に振った。この男が実質的に寺岡家の不動産を管理しているようだ。

「息子は当時十歳のはずですが、どうなりましたか？」

神谷は身を乗り出した。

「県警で引き取ってくれるのかと思ったら、当方で実家に連絡を取って欲しいと頼まれました。それで、仕方なく私が西伊豆の実家に連絡を取ったのです。しかしですよ。あろうことか、電話口に出た祖父は、引き取る義理はないと拒否したのです。私は県警に怒鳴《どな》り込みましたよ。それで、はじめて県警は動いてくれました」

佐藤は興奮した様子で答えた。当時の状況を思い出したのだろう。

「吉本悠太は孤児になったわけですよね。それなら、警察は児童相談所に連絡したと思いますが」

黙って聞いていた木龍が口を挟んだ。

「ええ、そうですよ。警察から連絡を受けた児童相談所の職員が、二、三日後に来て子供を連れて行きました。そこから先は知りませんよ」

佐藤は肩を竦めてみせた。

「それじゃ、沼津市の児童相談所に聞けば、分かるんですね」

神谷は苛立ち気味に言った。住人が死亡したのに、気の毒とも思っていない口ぶりに妙に腹立たしさを覚えたのだ。

「そうだと思いますよ。名刺をもらいましたが、関係ないと思い、すぐ捨ててしまいましたから」

佐藤はファイルをわざとらしく音を立てて閉じた。話は終わったと言いたいのだろう。

「それでは失礼します」

神谷は木龍に目配せすると、立ち上がった。

3・八月十二日PM9：10

午後九時十分、神谷は木龍に送られて会社に戻った。

朝から吉本悠太の行方を追って沼津市を走り回り、少々くたびれている。

吉本絵理香の住んでいたアパートを調べるため大家である寺岡を訪ね、彼女が自殺していたことが分かった。捜査は難航する予感がしたが、その通りになったのだ。悠太は児童相談所に預けられ、彼が孤児ということになれば県内の養護施設に入所するはずだった。だが、祖父の康平《こうへい》が存命だったため、児童相談所の職員が付き添い、祖父の元に悠太を連れていったそうだ。

だが、悠太が康平と暮らしたのは、三日間だけである。彼は家出し、十歳のホームレスとなったのだ。それからの記録は、断片的ではあるが沼津警察署にもあった。

神谷は沼津の児童相談所を訪ね、当時悠太を担当した松尾《まつお》という職員に事情を尋ねている。彼は悠太を気にかけ、家出後の行方を追ったそうだ。

悠太は家出して二日後に窃盗《せっとう》で逮捕されたが、移送中に脱走したことを松尾から聞いた。その後の消息を彼が知らないため、神谷は沼津署へ赴いた。悠太を逮捕した担当刑事から、ある程度の事情を聞くことはできたが、捜査情報までは聞けなかった。八年前の事件だが、探偵ごときに教えることはできないらしい。

「シャワーでも浴びるか」

神谷はTシャツを脱ぐと、シャワールームの近くに置いてあるロッカーからタオルを取り出した。

ドアがノックされた。神谷の部屋にもインターホンが設置されているが、夜なので遠慮したのだろう。

脱いだTシャツをまた着た神谷がドアを開けると、尾形が立っていた。ドアロックはリモートでも開けられるが、自分で開けるようにしている。

「お疲れ様です。お話を伺ってもいいですか？」

尾形は上目遣いで尋ねた。

「どうぞ。ソファーにお座りください」

ドアを押さえて、尾形を招き入れる。

昨年、探偵課を任された際、ラブホテル時代のベッドを廃棄《はいき》し、応接セットを購入してオフィスらしくした。オフィススペースは三十平米ほどの広さにし、パーテーションを設置し、残りのスペースに新たに購入したベッドを置くなどプライベートゾーンも充実させている。

「泊まりがけで調査に出ていただき、感謝しています。社長からは、はっきりしたことが分かるまで、詳しい調査報告は聞かない方がいいと言われました。でも、どうしても聞きたいのです。よろしくお願いします」

尾形は頭を下げると、ソファーに腰を下ろした。

「途中経過ですが、よろしいですか?」

神谷は冷蔵庫からペットボトルのお茶を出し、尾形に渡すと彼の前に座った。

「もちろんです。本来ならば、私も捜査に加わりたいくらいですが、社長から一切関わるなと言われています。もっとも、私にその資格がないことも分かっています」

尾形は消え入りそうな声で言った。

「昨日は、手始めに吉本絵理香の実家の浮島旅館を訪ねましたが、四年前に潰れていました。そこで、周辺で聞き込みをし、元従業員から情報を得て沼津まで行ったのです」

襲撃されたことは飛ばし、沼津で調べ上げたことまで説明した。

「大変なご苦労をされましたね。それにしても、悠太くんは不運だ。不憫《ふびん》でなりません」

尾形はしんみりと言ったが、彼は稀代《きたい》の詐欺師だけに本音かどうか分からない。

「苦労した分、憎しみも大きくなったと考えられませんか。しかし、今になって復讐《ふくしゅう》しようとするのは、何か理由があるのでしょう」

神谷は尾形を鋭い視線で見つめながら言った。悠太は非嫡出子ゆえに生まれた時から逆境にいる。その上、肉親を次々と亡くして孤児になり、犯罪に走った。家庭環境と青少年の非行傾向には少なからず因果関係があるといわれている。どこかで尾形が接触していれば、負の連鎖は防げたのではないか。そう思うと、尾形を見ていると苛つくのだ。

「私は彼に何も出来ませんでした。いや、してきませんでした。でも、それなりにどうしたらいいか、考えて来ました」

尾形はポケットから小さな手帳のような物を出した。大手銀行の通帳である。

「これは……いつの間に?」

神谷は通帳の名前を見て両眼を見開いた。口座名義人は吉本悠太になっているのだ。

「社長に息子の名前だけでも知りたいとお願いして、教えてもらったのです。それで、今日、銀行に百万円を入金して通帳を作りました。どうやって作ったかは、聞かないでくださいね。合法とはいえませんので」

尾形は声を潜めて言った。神谷は半日ごとに報告しているので、岡村は悠太の名前を知っていたのだ。

「罪滅ぼしには遅いかもしれませんが、やらないよりはましですね」

神谷は自分の言葉に舌打ちをした。尾形は精一杯の誠意を見せようとしているのに、それを皮肉ったからだ。

「本当にそうですね。身から出た錆《さび》とは、このことです。彼がこれまで歩んできた人生は、あまりに辛すぎます。金で解決出来ないことは分かっているのですが」

項垂《うなだ》れた尾形の肩が震えている。

「すみません。言い過ぎました」

首を振った神谷は、尾形に通帳を返した。彼は出産のことを知らなかった。しかも、悠太の家族が亡くなったことや犯罪に走ったことは、尾形には関係ないのだ。心情的にはまだすっきりしていないが、彼を責めるのは間違っていた。

「いえ、いいんですよ。私が悪いんです。それで、悠太くんの所在は、分かるのでしょうか？」

尾形は必死に言った。悠太のことを本気で心配しているらしい。彼の目を見つめたが、偽《いつわ》りはなさそうだ。

「本名が分かったんだから、大きな前進ですよ。玲奈さんにサポートを頼んだので、遠からず居場所まで分かるでしょう」

気を取り直した神谷は、語気を改めた。沙羅を介して玲奈に悠太の捜索を頼んである。

「ご迷惑をお掛けします。この通り、よろしくお願いします」

尾形は座ったままテーブルに手を突き深々と頭を下げた。彼は悠太に命を狙われていることを忘れているようだ。

「あなたが詫《わ》びる必要はありませんよ」

神谷は尾形の肩に手を置き、立たせた。

4・八月十二日PM10：00

午後十時、神谷が三〇五号室のドアをノックすると、ロックは外れた。

いつもならパソコンのモニターに向かってキーボードを叩いている彼女は、今日はソファーに座って本を読んでいた。テーブルには飲みかけのコーヒーカップが置かれている。

「休憩《きゅうけい》かい？」

神谷はソファーの向かいにある椅子に座った。彼女が寛《くつろ》いでいるのをはじめて見た気がする。

「私でも本を読むことがあるのよ。仕事は、三十分後開始。それまでは、食後の休憩。今日はね」

玲奈は胸ポケットからしおりを出して本に挟んだ。食事は沙羅の作った弁当である。

「読書の時間だったら、出直してこようか？」

神谷は腰を上げた。

「何を気遣っているんだか」

鼻先で笑った玲奈は立ち上がると、いつものようにパソコンデスクの椅子に座った。

「引き続き尾形の詐欺事件の被害者のデータを私のアルゴリズムにかけて精査した結果だけど、彼を殺害するほどの動機がある人間は結局いなかったわ」

玲奈がキーボードをクリックすると、メインモニターに名前のリストが表示された。リストはパーセンテージが高い順に並んでいる。

「なるほど、トップクラスでも三十パーセントの可能性しかないということか。殺害動機を持つほどじゃないんだな」

神谷はリストに目を通し、頷いた。

「ということで、犯人候補は詐欺事件とは関係ないかも。そもそも、尾形は主犯格じゃないからね。犯人は息子という線は強くなった気がする」

玲奈はモニターのリストを消し、メインモニターと左右のサブモニターにも新たなデータを表示させた。

「私もそう思う。悠太くんが自分の人生が狂ったのは、尾形さんのせいだと思い込んでいたら犯行も頷ける」

神谷はモニターの書類を見て首を捻った。何か別の事件の調書らしいのだ。

「これらは、二〇一九年十月から二〇二一年四月にかけて都内と神奈川県で起きた六件の窃盗事件の調書と捜査資料。それぞれの現場に残された指紋は全部で五つあった。その中で、別件で逮捕された二人の男と指紋が合致している。残り三つ内の一つが、会社の玄関に脅迫状を貼り付けた犯人のものと一致したの」

玲奈は右のサブモニターの指紋を指差した。

「ちょっと待ってくれ。脅迫状から指紋は検出できなかったと、社長から聞いたが」

夏樹はサブモニターを覗き込んで首を傾げた。

「社長は、元警視庁の敏腕刑事ということを忘れたの？　犯人の逃走経路を徹底的に調べたそうよ。それで、会社から百二十メートル離れた場所にある清涼飲料の自販機とブロック塀の間にラテックスの手袋が捨てられていたのを発見したの。すごいと思わない？　犯人は蒸《む》れたラテックスの手袋を嫌って、現場から近い場所に捨てることがあるんだって」

玲奈は得意げに言った。

指紋の採取などの検査は社内で出来るように備品を揃えている。岡村は昨年、自らの命が狙われたことで、〝リーパー〟の存在を確信した。そこで、会社のセキュリティを高めるだけでなく、〝リーパー〟に対処すべく社内の組織も変えている。

その第一弾が、神谷の探偵課である。依頼がない時は、神谷は〝リーパー〟が関わった過去の事件を調査することになっていた。また、機械オタクの貝田には、証拠品を解析出来るように鑑識の技術を学ばせている。彼は技術を学ぶだけでなく、鑑識で使われる装置を自作できるからだ。大手の探偵事務所は、独自の鑑識ラボを持っているので、神谷にとっても助けになる。

「手袋の内側に付着していた指紋を調べたのか。さすがだ。それを警視庁のデータベースの指紋と照合したんだね？　会社の近くにたまたま窃盗犯が使用した手袋が落ちていたとは考え難い。状況証拠になってしまうが、脅迫状を貼った犯人が捨てたと考えるべきだ」

神谷は頷きながら玲奈をちらりと見た。警視庁のサーバーにハッキングして、照合したに違いない。玲奈は簡単に説明するが、いくつも法律を破っている。

「そうよ。国際的な犯罪じゃないから警視庁をハッキングするしかないでしょう」

玲奈は肩を竦めた。どこに問題があるのかと言いたげだ。国際的な犯罪に関係するならインターポールのサーバーもハッキングしてみせるだろう。

「だけど、その指紋が吉本悠太の指紋かは、分からないわけだ。彼は沼津で窃盗事件を起こしたが、取り調べを受ける前に逃亡している。照合する指紋はないだろう？」

神谷はモニターの指紋を指差した。

「悠太の指紋？　ないわよ。だから、現段階では指紋は比べられないわ。だけど、彼の知人に話を聞くことは出来るはず。名前はもちろん、年齢、それに身体的特徴だって聞けるでしょう？」

玲奈はメインモニターの上にあるサブモニターに、会社の監視カメラの映像を映し出した。玄関のガラスドアに犯人が紙を貼り付けた際のものだ。

「知人？　誰だ？」

神谷は頭を掻いた。

「映像から分かっていることは、身長だけ。知人と言えば、分かるでしょう？」

玲奈は神谷を揶揄《からか》っているのか、薄笑いを浮かべている。

「まさか？」

神谷は眉を吊り上げた。

「塀の中よ」

「窃盗仲間か」

「社長かあなたのツテでなんとかなるはず。指紋の持ち主が悠太だと証明して。逮捕された連中は、黙秘を貫いているそうよ」

玲奈は素っ気《そけ》なく言った。自分の仕事は終わったと言いたいらしい。

「分かった。私にデータを送って欲しい」

神谷は渋い表情で頷いた。

府中刑務所

1・八月十四日AM9：50

八月十四日、午前九時五十分。

三日前から降り続く雨の中、覆面《ふくめん》パトカーが府中街道を走っている。

坊主頭の神谷《かみや》が、後部座席に手錠《てじょう》をかけられて座っていた。

「しかし、よく覚悟を決めたな」

隣りに座る畑中《はたなか》は、小声で言った。

「余計な口を利くな」

神谷は溜息を吐いた。髪を短くすることにはさほど抵抗はなかったのだが、さすがに手錠をかけられると落ち込んだ。

一昨日の夜、玲奈《れいな》から情報を得た足で、岡村《おかむら》の部屋に行って打ち合わせをした。

二〇一九年十月から二〇二一年四月にかけて都内で四件、神奈川県で二件の窃盗事件があった。警察では事件に五人の男が関与していると考えられていた。その中に会社に脅迫状を貼り付けた犯人が混じっていることは分かっている。

窃盗団の一味だった河西翔太《かわにししようた》・二十八歳と進藤悟《しんどうさとる》・三十歳の二人が別件で逮捕された。だが、二人とも窃盗団については、単に見張り役で仲間の名前さえ知らないと自供している。そのため、警察では主犯格の情報を得られずに窃盗団の実態を摑めないでいるのだ。とはいえ、二人とも逮捕した事件の捜査がすでに完了しているため、警察の動きが鈍《にぶ》いのかもしれない。

神谷は岡村に河西と進藤の二人に面会し、情報を得られないか相談した。一昨年、闇賭博の情報を得るために府中刑務所に服役中の囚人と面会した経験があるからだ。受刑者に面会するには、親族でない場合は厳しい条件がある。その時は、受刑者が模範囚だったため、岡村が雇用する可能性があるという理由で許可された。

だが、河西と進藤には面会を許可されるような条件がない。河西は昨年に殺人未遂事件を起こして逮捕され、横浜《よこはま》刑務所で服役している。しかも、刑務所内で喧嘩《けんか》をして独房に入れられており、面会自体出来ないのだ。

進藤は今年の二月に二件のコンビニ強盗を起こした。そのうちの一件で逃げる際に店員を殴り、強盗致傷罪の実刑を受けて府中刑務所に服役している。模範囚と言うほどではないが、問題を起こさずに雑居房に入っていた。そこで、岡村は神谷に府中刑務所に受刑者として入り、進藤から情報を得るように提案したのだ。

「運転している男は、私の部下だ。何を話しても心配ない」

畑中はにやりと笑った。

「だったら、わざわざ小声で話すな」

神谷は舌打ちをした。早朝に警視庁に赴き、畑中と最後の打ち合わせをしてから覆面パトカーに乗せられている。畑中は神谷に手錠を嵌《は》めてから偉そうな態度をとっているのだ。

「おまえに犯罪者という自覚がないと、うまくいかないと思ってな」

畑中は嬉しそうに言った。この状況を楽しんでいるに違いない。

「ふざけるな。何が犯罪者の自覚だ。俺は警察に協力しているんだぞ」

神谷は腕を振って手錠を鳴らした。

日本の警察では、風俗や薬物関係の事件であれば潜入捜査や囮《おとり》捜査は例外的に認められている。ただし、刑事事件では原則的に禁止なのだ。岡村は知り合いの警視庁幹部を通じ、捜査一課の畑中に潜入捜査の提案をした。

民間人である神谷を使うことで、警察の捜査でないと偽装できる。神谷を検挙し、合法的に収監して進藤と同じ雑居房に送り込むのだ。一週間限定ではあるが、進藤から情報を得られれば、誤認逮捕だったと神谷を釈放する手筈《てはず》になっていた。

拘置所《こうちしょ》を飛ばしていきなり刑務所というのも相当な無理はあるが、書類上の手違いを幾度も繰り返すという離れ技を使うらしい。結審していないので、本来拘置所行きを刑務所にするのだから人権侵害もいいところである。神谷が絶対訴えないという前提があるから可能になったのだ。

そのため、潜入捜査に協力した警察官や検察官は始末書を書くだけで済む。警察としては、デメリットはほとんどない。また、昨年の国立競技場でのテロ未遂事件で、警察は911代理店に大きな借りがある。申し入れを断れなかったというのが、実情だろう。

覆面パトカーはJR北府中駅の前を通り、府中刑務所の正面ゲートの前で停まった。ゲートの庇《ひさし》の下に立っている警備員が駆け寄ってきた。

「捜査一課の畑中です。受刑者を連れてきました」

畑中は警察手帳を見せた。

「はい。伺っています」

警備員は敬礼すると、無線機で同僚《どうりよう》に連絡をした。

正面ゲートの鋼鉄製の扉が開く。

覆面パトカーが通り過ぎると、鋼鉄製の扉がゆっくりと閉じた。パトカーは構内の道路に沿って右に曲がり、正面にある建物の前の駐車場に停まった。味気ない倉庫のような建物が並んでおり、左端の建物で持ち物検査や健康状態を調べられ、刑務官に引き渡されるらしい。

出入口のドアの前に立っている警備員がこちらをじっと見つめている。

「ここは、飯がうまくて快適なムショのランキングで、ベスト1だそうだ。所内のトラブルは少ないと聞く。刑事の私じゃ経験できないが、存分に味わってきてくれ」

畑中は後部ドアを開けた。

「三食昼寝付き、楽しませてもらうよ」

神谷はニヤリとすると車を降りた。昼寝は付いていないが、これも経験である。

「ここから先は、おまえ一人だ。不正に収監するからには関係者は出来るだけ減らす必要があった。一応、所長には話を通してある。だが、重要な受刑者だからお手柔らかにという程度だ。ムショの中で協力者はいないと思ってくれ」

先に外に出た畑中は、緊張した面持《おもも》ちで言った。

潜入捜査を知っている警察関係者は、畑中と彼の部下、それに上司である捜査一課三係の係長と一課長、二人の検察官の六名だけである。

だが、彼らは今回に限って協力しているのではない。岡村と連絡を取り合い、前回の〝リーパー〟の捜査からの協力者なのだ。岡村は彼らに、尾形が巻き込まれた爆弾事件は〝リーパー〟が関係している可能性があると言って協力を仰いだのだった。

進藤と同じ雑居房に入れるように検察官から刑務所側に申し入れをしてある。裁判の関係上と説明してあるが、特に問い合わせはなかったそうだ。

「分かっている。念を押さなくても大丈夫だ」

神谷は重い足取りで刑務所の石段を上った。

2・八月十四日PM0：20

午後零《れい》時二十分、府中刑務所。

緑色の受刑服を着た神谷は、雑居房で昼飯を食べている。

十二畳ほどの和室の左右の壁際に布団とマットが片付けられている。中央の開いたスペースに二つの長テーブルが置かれ、六人の受刑者が黙々と食事をしていた。神谷は新参者ということもあるが、出入口に近い廊下側の席に座らされている。

部屋の奥には洗面台があり、左奥にはガラス張りのトイレがあった。府中刑務所は他の刑務所に比べ、受刑者同士のいじめや刑務官からのシゴキは少ないと言われている。累犯が多いためと言われているが、表に出ていないことももちろんあるだろう。

受刑者は刑務官から称呼番号で呼ばれる。工場では称呼番号と名前で呼ばれるらしい。受刑者同士は称呼番号とは関係ないので、神谷は雑居房に足を踏み入れた際に自己紹介しようとしたが、年配の受刑者に「黙れ！」と言われてしまった。新型コロナが流行しているのは、受刑者でも知っている。感染症が蔓延《まんえん》している外部からの人間を彼らは警戒し、口を開くことさえ恐れているようだ。

所内の感染症対策は充分とは言えない。三千名近い受刑者を収容する刑務所内の雑居房の定員は六名で密は避けられないのだ。事実、各地の刑務所で新型コロナウイルスのクラスターが発生している。受刑者が、新参者がもたらすウイルスに怯えるのも無理はない。

午後一時。神谷は刑務官に付き添われて同室の受刑者らと一緒に作業工場に移った。

府中刑務所の受刑者が刑務作業で製作した製品は、文具から家具まで種類が豊富で品質も良いと高評価である。敷地内にはおよそ四十ヶ所の工場があり、受刑者が日々作業をするのだ。

神谷が配属されたのは木工工場である。椅子やテーブルなどの構造的に簡単な製品が多い。高級なタンスや棚などは熟練工と呼ばれる長期受刑者が作業する工場で製作されるらしい。

神谷はというと、ホウキとチリトリで床に落ちている木屑《きくず》を掃除する係になった。これも進藤と同じになるようにあらかじめ検察官から刑務所側に要請が出されている。彼らはまさか潜入捜査が行われているとは思っていないので、単に受刑者を通じて警察が情報を集めようとしていると考えているはずだ。だが、彼らは警察の指示に従うだけで関わらないようにしているらしい。

刑務作業は、受刑者にとって必須で「生産作業」、「社会貢献《こうけん》作業」、「職業訓練」、「自営作業」の四つに分類されるすべてをこなさなければならない。職業訓練は、入所すると軍隊式の歩行訓練を受けた後、面接を受けて訓練に就く。この時、受刑者に希望を聞くそうだが形式に過ぎず、命じられた訓練を受けるのだ。

進藤は、木工作業台で板を一定の長さに切断する作業をしている。刑務官は台の上に立って受刑者の作業を監視していた。電気ノコギリやドリルなどを使っているので、危険ということもあるが、作業中の私語を見張っているのだ。

刑務官の視線が進藤から離れた。彼らは各工場に配置された担当と言われる管理者で、受刑者からは〝オヤジ〟とも呼ばれている。

「同じ房の神谷だ。あんた進藤さんだろう？」

神谷は床を掃除しながら進藤に近付いた。

「話しかけないでくれ。〝オヤジ〟に睨まれてもいいのか」

手を止めた進藤は、刑務官を見た。まだ、刑務官の視線は別の場所に向いている。

「あんたのことは、河西から聞いたんだ。ムショに仲間がいれば心強いからな」

神谷は作業台の下の木屑を掃《は》きながら言った。

「河西？　分かった。房に戻ってから話をしよう」

進藤は再び作業を始めた。


午後四時四十分、作業は終了し、刑務官とともに雑居房に戻る。

午後四時五十五分、点呼後に一人ずつ身体検査を受ける。工場から武器となるような道具を持ち出していないか確認するためだ。

午後五時に夕食が始まる。受刑者のスケジュールは毎日決まっており、正確だ。食事時間は四十分だが、配膳と食後の片付けなども含まれているので実質的に三十分以内に終わらせなければならない。

午後六時、テーブルを片付けて布団を敷く。午後九時の本就寝までの三時間は、仮就寝と呼ばれている時間帯である。一日の中で唯一受刑者の会話が可能になる自由時間だ。

「おまえは河西とどこで知り合ったんだ？」

進藤は布団の上に胡座《あぐら》をかいて尋ねた。

「横浜刑務所だ。半年間、雑居房で一緒だった。だが、やつはつまんない喧嘩で独居房に入った。その後、俺はシャバに出られたんだ。三ヶ月前の話だがな」

神谷は小声で言った。自由時間でも大声での雑談は許されていない。会話の内容は河西の状況を調べ、辻褄が合うように考えてきた。

「馬鹿なやつだ。三ヶ月前に出所して、もう戻ってきたのか」

進藤は鼻先で笑った。

「コロナで盗むしか生きていく方法はないんだ。仕様がないだろう。ここは初めてでね。河西と仲良くなる前は、横浜で結構虐《いじ》められて大変だったんだ。仲良くやろうじゃないか。損はないだろう?」

神谷は他の受刑者の様子を窺いながら尋ねた。将棋をしている二人に残りの二人が熱心に観戦しているので神谷らを気にする様子もないようだ。

「同じ房なら、誰とでも仲良くした方がいい。寝ている間にボコボコにされたくないからな。他の連中はむしろ、おまえを警戒していたんだ。というか、コロナを警戒している。大人しくしていれば問題はないんだ。実は俺は他の受刑者の関係で他の房から最近移されたばかりなんだ。俺も知り合いがいた方が心強い」

進藤は神谷を指差した。

「俺を? 冗談《じょうだん》だろう。俺は至って真面目な男だぞ」

神谷は右手を左右に振って笑った。

「何が真面目だ。いくつ前科があるんだ?」

進藤が苦笑して首を横に振った。

「まだ、三つだ。大したことないだろう?」

神谷は肩を竦めた。

「俺は二つだ。正直言ってもう二度と入りたくない。だからと言って模範囚になろうとは思わないがな」

進藤は苦い表情で答えた。

「捕まるのは、運が悪かっただけだよ。そう言えば、河西も言っていたが、一緒に働いた連中はまだ捕まっていないんだろう? 手際がいいって聞いている。紹介してくれよ。外に出たって仕事はなかなか見つからないからな」

神谷は声を潜めた。犯罪者は刑務所で新たな相棒を得たり、商売仲間を見つけたりするものだが、密告される危険もある。

「あいつらのことは話したくない」

進藤はそう言うと、布団に横になった。警察では見張り役だったので何も知らないと自供している。自分のコンビニ強盗の件は、あっさりと自供しているので警察も追及しなかったのだろう。進藤はチクリになるため、口を閉ざしているのかもしれない。だとすると、簡単には明かさないだろう。

「気が向いたらでいいが、考えておいてくれ」

神谷も横になり、わざと溜息を吐いた。

3・八月十四日PM7：05

午後七時五分、911代理店。

玲奈《れいな》はいつも通り、顔を洗って歯を磨いている。

沙羅《さら》は午後四時まで仕事をした後、眠りにつく。約二時間半の仮眠後に玲奈として目覚め、沙羅が着ていたパジャマを脱いで自分の衣装ケースから服を出して着替える。ボトムは黒のジーンズかレギンス、上は夏でも長袖の黒のTシャツだ。彼女は外出することは滅多にないが、ネットで購入するこだわりのプリントTシャツを三十枚ほど持っている。

午後七時十分、玲奈はパソコンデスクの隅に置かれたスマートフォンにパスワードを入れた後、指紋認証した。するとパソコンの電源が入り、六台のモニターも同時に点灯した。彼女が作成したスマートフォンを介してパソコンを起動させるセキュリティシステムである。

メインモニターに沙羅の顔が映った。パソコンを立ち上げると、沙羅のビデオメッセージが始まるようにプログラムされているのだ。彼女が眠る直前に録画しており、日記とも言える内容だが、仕事の情報を伝えることもある。

――おはよう。今日も朝から雨だったわ。憂鬱《ゆううつ》ね。

いつものように沙羅はおっとりと話し始める。玲奈はモニターを見ることなく、冷蔵庫を覗き、蓋《ふた》が透明の弁当箱を出した。互いに尊重し合っているが、玲奈は正反対の性格の沙羅に違和感を覚えることも多々ある。特にゆっくりと丁寧に話すのを聞いていると苛立つので、ビデオメッセージは片手間に聞き流す程度にしていた。

玲奈は面倒なので沙羅宛の連絡はメールで済ますこともある。だが、沙羅は玲奈のビデオメッセージを楽しみにしているらしいので、暇な時は残すようにしていた。

「やった。海老チリ弁当だ」

玲奈は右拳を握ると、弁当箱の蓋を外し、冷蔵庫横の電子レンジに入れた。沙羅の作った弁当である。客観的には自分で作っているが、偏食しがちな玲奈のために沙羅が毎日作るのだ。食事は目覚めてからすぐに食べることはないが、大好物の海老チリは別である。

——神谷さんだけど、今日、頭を坊主にしたのよ。意外と似合っていたわ。

「えっ！」

首を捻った玲奈は、パソコンデスクの椅子に腰を下ろした。

——詳しくは教えて貰えなかったけど、捜査のためらしいの。

ビデオメッセージなので、沙羅は自分のテンポで話し続ける。

「どういうこと？」

玲奈は眉間に皺を寄せた。

——当分は連絡が取れないと聞いているわ。私は何も出来ないけど、あなたなら神谷さんのサポートが出来るはずよ。お願い、助けてあげてね。

沙羅の目が潤《うる》んでいる。神谷のことを本気で心配しているようだ。

「分かってる」

玲奈はキーボードをタッチしてビデオメッセージを終わらせると、内線電話で岡村を呼び出した。

二十秒ほどで、ドアがノックされる。

玲奈は手元のリモコンスイッチでドアロックを解除した。

「どうしたんだい？」

例の伊達眼鏡を掛けた岡村が、顔を覗かせた。

「ちゃんと説明して」

玲奈はソファーを指差し、岡村を睨みつけた。

「ひょっとして、神谷くんのことかな？」

岡村は引き攣《つ》った笑顔で言うと、ソファーに腰を下ろした。

「神谷さんは、潜入捜査をしているんでしょう？　どうして私に黙っていたの？」

玲奈は早口で捲《まく》し立てた。

「すまない。ちゃんと話そうと思っていたんだが、決まったのは今朝なんだ」

「どういうこと？」

「私と神谷くんで朝一番に警視庁に行って打ち合わせをして、潜入捜査が正式に決まったのだ。だから、連絡出来なかったんだよ」

岡本は両手を前に出し、必死に説明した。

「あんたたち、馬鹿？　面会して何か餌《えさ》で釣《つ》れば、情報を得られるでしょう。囚人の真似《まね》をしてまで刑務所に入る必要があるの？」

玲奈の怒りは治まらないらしい。彼女が岡村と神谷のパイプを使って河西の情報を得るように促したのは、潜入捜査をしろという意味ではなかった。意に反した捜査をしているので、怒っているのだろう。

「それが、彼らは模範囚でもないため、家族でなければ面会出来ないんだ。彼らは服役しているから、警察もよほどのことがない限り尋問が出来ないという事情もある」

「ちょっと待って。窃盗団の事件は解決されていないから、再尋問は出来るはずよ。元警察官のくせにそんなことも知らないの？　そもそも潜入捜査は、日本では違法でしょう？　何やっているの？」

玲奈は人差し指を何度も岡村に突きつけて言った。

「君の言っていることは全て正しい。だが、私と神谷くんはある仮説に基《もと》づいて行動しているのだ」

岡村は右手を前に出し、玲奈も座るように勧めた。

「何、その仮説って？」

玲奈は不服そうにパソコンデスクの椅子を引き出して座った。

「一連の事件は、尾形くんの息子と思われる男が犯人かもしれない。だが、同時に〝リーパー〟が関係している可能性もでてきたのだ」

岡村は苦しい表情で答えた。

「〝リーパー〟……」

玲奈は岡村の言葉を繰り返した。

「尾形くんの息子なら今年で十八歳になるだろう。そんな若者に、始業前のデパートに侵入して爆弾を仕掛けたり、神谷くんを尾行して暗殺を図ったりと大胆なことができるとは考えられない。彼が関わっている窃盗団が、手助けしているかもしれない。だが、もし、その更に背後に〝リーパー〟がいるのなら敵はどこにでもいる。警察という組織も使えない可能性が高いのだ。もし〝リーパー〟の仕業なら、911代理店をいよいよ潰しにきたのかもしれない」

岡村は厳しい表情で小さく頷いた。

「分かったわ。私は、これまで〝リーパー〟が関わってきた事件をもう一度調べてみる」

玲奈の声が低くなった。納得したために怒りを静めようと努力しているようだ。

「すまないね。頼んだよ」

岡村は小さな息を吐き出すと、部屋を出た。

「待てよ。警察は使えないんだよな。木龍《きりゅう》に相談してみるか」

独《ひと》り言《ごと》を呟《つぶや》いた岡村は、手を叩いて廊下を走った。

4・八月十六日AM6：40

神谷が入所して三日目の午前六時四十分。

慌ただしく起床した受刑者は布団を片付け、古株から順に洗面台で顔を洗う。

午前六時四十五分、房のドアが開き、刑務官による点呼が行われる。点呼が終わると、朝食の準備をするためにテーブルを用意し、食事が運び込まれた。魚の干物にご飯、味噌汁、漬物と標準的な朝ご飯メニューである。

午前七時五分、朝食が始まった。全員無言で箸を動かし、咀嚼音《そしやくおん》だけが聞こえる。神谷は必死にご飯を流し込むように食べた。所要時間は二十分もないのだ。こんな時、骨が多い魚の干物は、面倒である。三日目で多少慣れたが、これはいじめとしか思えない。

「ごちそうさん」

年配の長谷川《はせがわ》という受刑者が十五分も経たないうちに完食し、食器を片付け始めた。刑務所では一日でも早く収監された者が、基本的に年齢に関係なく先輩となる。とはいえ、受刑者の犯罪歴や風体に左右されることもあるようだ。

長谷川の年齢は五十代前半、武闘派ヤクザだったらしく、傷害事件で何度も収監されているそうだ。いわゆる累犯で、身長は一八〇センチ弱、腕が太く、強面と三拍子揃った雑居房の長にふさわしい外見である。

他の受刑者も一斉に食器を片付け始めた。長谷川に命じられたわけではない。だが、彼の行動を規範とすることが、この房の暗黙の了解なのだ。神谷も漬物を口に放り込むと、食器を重ねて樹脂製のケースに入れる。片付けが終わって歯を磨く者もいれば、本を読む者もいる。束《つか》の間《ま》の自由時間だが、食事時間帯なので私語が禁止なのは変わらない。

午前七時三十五分、刑務官が現れ、廊下に整列する。〝出室《しゅっしつ》〟と言って、作業場がある工場に移動するのだ。工場までは徒歩で八分ほどだが、隊列を乱さずに歩いて行く。歩調が合わないと、刑務官から怒鳴られるらしい。皆、手を振って一糸乱れずに行進する。

進藤から聞いたのだが、一度刑務官に目をつけられると些細《ささい》なことでも注意されるようになり、口答えすれば懲罰《ちょうばつ》を受けるという。懲罰は独房に入れられ、一切の自由を奪われるそうだ。不自由な刑務所でさらに自由がなくなるのだから、どんな者でも音を上げるらしい。

また、工場では様々な受刑者が集まるため、見知らぬ受刑者には気を付けるように言われた。進藤は長谷川から命じられて、教育係になったらしい。彼に限らず、どの雑居房でも新参者が早く馴染むように刑務所や受刑者同士のマナーを教えることになっていたようだ。

午前八時、時間通りに工場での「訓練」と称する勤務が始まる。

「２０１９号神谷、材料を運べ！」

〝担当〟から大声で呼ばれた。

「はい！」

神谷はキレのいい返事をすると、部屋の出入口近くの資材置き場に積み重ねてある木材を各作業台の近くに抱えて持っていく。昨日から掃除だけでなく、木材を運ぶ仕事も与えられている。さんざんしごかれたので、今日は指示されるだけで動けるようになった。

木材を配り終えると、ホウキとチリトリを手にする。模範囚になるつもりはないが、刑務官を味方につけておいて損はない。それに、機動隊、ＳＡＴ、スカイマーシャルと厳しい訓練に明け暮れた経験を持つ神谷にとってたいしたことではないのだ。

「２０１９号神谷、材料が足りないぞ！」

刑務官がまた声を張り上げた。工作機械の音がうるさいので、自然と声が大きくなるのだろう。

「はい！」

返事をした神谷が周囲を見回すと、離れた場所で作業している受刑者が手を上げていた。使用する工作機械によって工程が違うので、扱う木材も異なる。神谷は木材を選んでカートに載せると、通路を小走りに進む。

「なっ！」

神谷は足をもつれさせ、カートを倒して派手《はで》に転んだ。何かに足を引っ掛けたのだ。

「何をやっている！」

刑務官が大声で怒鳴った。

「すみません！」

神谷は立ち上がってカートを起こし、散らばった木材を戻した。手を上げた受刑者に木材を運んだ。

「2019号神谷、まだ材料が足りない。遊んでいる暇はないぞ!」

刑務官は声を荒らげた。

「はい!」

神谷はカートを押した。作業台の陰から足が伸びてきた。同時に神谷はその足を蹴る。

「うっ!」

男が床に転がった。さきほど転んだ場所を警戒していたのだ。

神谷は無視して資材置き場に戻った。

「853号向井《むかい》、何をしている!」

刑務官が怒鳴った後、苦笑した。神谷が転んだ理由が分かっているのかもしれない。この程度は受刑者同士の戯《じゃ》れ合い程度に思っているのだろう。

神谷は資材置き場に戻り、再びカートに木材を載せた。別の通路を使って、カートを押して行く。

「くっ」

神谷は真横から足を蹴られ、左前方の作業台にぶつかって倒れた。死角からの攻撃だったため、まともに喰らってしまった。別の男に蹴られたのだ。

「くそっ!」

立ち上がった神谷は、足を蹴った男を睨みつけた。

「放っておけ」

背後からどすの利いた声がした。

振り返ると、同じ房の長谷川が立っている。

「無視するんだ。面倒を起こすな」

長谷川が小声で言うと、倒れたカートを起こした。

「712号長谷川！　持ち場を離れるな！」

刑務官は御立ち台からは下りようとはしないが、右手に警笛《ホイッスル》を握っている。

諸外国の刑務官は銃と警棒を所持しているが、日本の刑務官の装備は警笛だけだ。保管庫に警棒と拳銃は仕舞ってあるが、暴動でも起きない限り使うことはない。常時警棒と銃を所持しているのは、警備隊の隊員だけである。刑務官が警笛を鳴らし、非常ベルを鳴らせば、警備隊が駆けつけてくるだろう。

余談ではあるが、東京拘置所の法務省矯正《きょうせい》局に所属する特別機動警備隊は、銃と警棒の他に催涙弾《さいるいだん》を所持することを許されている。

「分かった、オヤジ！」

長谷川は頭を下げて笑うと、自分の作業台に戻った。

「2019号神谷！　働け！」

刑務官は怒鳴りつけながらも事態を収拾しようとしている。荒っぽいが、それなりに受刑者をコントロールしているようだ。

「すみません」

神谷は苦笑すると、カートを押した。

5・八月十六日PM5：00

午後五時、雑居房。

「いただきます」

手を合わせた神谷は、箸を握った。

いつものように咀嚼音だけが、聞こえる。

ポークカレーと麦ご飯、ポテトサラダに魚のフライも付いていた。早く食べるために丼飯にカレーを掛けてひたすら箸を動かす。食事の時間は、長谷川の気分次第《しだい》で決まる。彼に苦手なものはないらしく、なんでも流し込むように食べるのだ。累犯なので、後三年はムショ暮らしらしい。

「ごちそうさん」

長谷川があっという間に箸を置いた。

「えっ」

他の受刑者が慌てて箸を動かす。

「遠慮せずに食べ続けろ。神谷」

長谷川は立ち上がると、手招きをして部屋の隅に移動した。積み重ねてある布団とトイレの間に一畳ほどのスペースがある。監房のドアからは見えにくいスペースを作ってあるようだ。

長谷川は布団の陰になるよう壁にもたれて胡座をかいた。

「なんでしょうか？」

神谷は神妙な表情で長谷川の前に正座した。たとえ、この房の受刑者が一斉に襲いかかって来ても倒す自信はあるが、長谷川の醸《かも》し出す独特な威圧感を前に真剣に対峙しなければと感じたのだ。

「実は、俺は心龍会の組員です。若頭からあんたを守れと言われている」

長谷川は小声で言った。

「なにっ、本当か。俺がこの房に入るように仕組まれたのか？」

偶然同じ房になるはずがないのだ。心龍会は刑務所に口利きが出来るのかもしれない。岡村が木龍に頼んだのだろうか。

「それは、出来ませんや。このムショに心龍会の組員は腐るほどいます。一斉に通知が来たんですよ。とはいえ、俺たちが世話になっていない房もありますから、偶然といえば、偶然ですがね」

長谷川は嗄《しゃが》れた声で笑った。

「心強いが、貸しを作ってしまうな」

神谷は苦笑した。府中刑務所の受刑者における暴力団関係者は、常時四十パーセントを超えると聞いたことがある。長谷川の話を聞いて納得した。工場で長谷川がさりげなく手を貸してくれたのは、若頭である木龍の命令があったかららしい。だが、暴力団に貸しを作るのは憚《はばか》られる。

「若頭が世話になっているお人だから、粗相《そそう》がないようにってね。しかし、それが、まずいことになったんですよ。うちと敵対する滝川《たきがわ》組に情報が漏れたんです。まあ、一斉に情報を流したせいなんですがね。意外とムショに裏の情報は伝わるもんなんですよ」

長谷川は頭を掻きながら言った。

「ひょっとして、工場で俺にちょっかいを出して来た連中は、滝川組なのか?」

神谷は小さく首を振った。二人とも目付きの悪い男だったのだ。

「そうなんです。あんたを心龍会の準幹部とやつらは思っているんですよ。ムショの方で、敵対する勢力が同室にならないように配慮されていますが、工場までは分けられていないんです。だから、明日から気を付けてください」

長谷川はぺこりと頭を下げた。暴力団の幹部クラスになると、さすがに刑務所側も一般の受刑者と同じ扱いをしないと聞いたことがあるが、敵対勢力に関しても配慮されているらしい。刑務所内で抗争事件が起きても困るからだろう。

「ありがたい。注意するよう心掛けよう」

神谷も素直に頭を下げた。

「何か、困ったことがあったら、なんなりと言ってください」

長谷川は笑顔で言ったが、強面なので見ている方は笑えない。

「実は同じ房の仲間から聞きたいことがあるんだが、口が堅くてね」

神谷は振り返って進藤をチラリと見て言った。「なんなりと」という言葉に甘えてみたのだ。

「俺から聞いてみましょう。誰ですか？」

長谷川は自分の胸を叩いた。

「進藤だが、多分、チクリになるから言わないのだろう。どんな業界も仁義があるからな」

神谷は眉根を寄せた。進藤は仲間を庇っているように見える。情報が得られない場合は、一週間の期限を使い切ることになるだろう。潜入捜査は無駄になるかもしれないと思い始めていた。

情報を得た場合は、弁護士を呼ぶよう刑務官に要請することになっていて、それが合図で、検察官が誤認逮捕だったと書類を作成して無事に出所出来ることになっていた。そうなればいいが、淡い期待である。

「チクリですか。そりゃ、仁義に反しますな」

長谷川は左右に首を振った。彼は昔気質《かたぎ》のヤクザのようだ。手は貸せないと言いたいのだろう。

「だが、仲間の命が懸かっているんだ」

「鉄砲玉に狙われているですか？」

「そうだ。俺も命を狙われた。言っておくが、俺は一般人だ」

神谷は長谷川の目を見据えて答えた。

「分かりました。おい、進藤、こっちに来い」

長谷川は間髪《かんはつ》を容れずに進藤を呼びつけた。

「はっ、はい！」

甲高《かんだか》い声で返事をした進藤は、慌てて近寄って来た。

「はい。何か、御用ですか？」

進藤は神谷の隣りに正座した。

「この御仁が、おめえに聞きたいことがあるそうだ。包み隠さずに答えろ」

長谷川は進藤を睨みつけ、単刀直入に言った。

「はっ、はい。神谷さんが、私にですか？」

進藤は神谷を見て、愛想笑いを浮かべた。長谷川を相当怖がっているようだ。

「一昨日、窃盗団のことについて尋ねたが、実は、おまえの昔の仲間に、俺と友人が命を狙われているらしい。そいつの情報が欲しいんだ」

神谷は正直に尋ねた。

「俺の昔の仲間があんたを狙っている？　何か恨みでも買ったのか？」

進藤は神谷の顔をまじまじと見た。

「恨みを買ったのは、俺じゃなく仲間だ。ムショに入る前に俺は二度も襲われた。仲間の名前が知りたいんだ」

神谷は進藤の方に向き直って聞いた。

「俺はサツにも言わなかったんだ。困ったな」

進藤は長谷川の顔をまともに見ないで言った。

「おい、おまえ、俺がひと声かけりゃ、どうなるか、分かるよな。生きてムショ出たいんだろう？」

長谷川が進藤に顔を近付けて凄んだ。

「もっ、もちろんです。苗字《みょうじ》しか知りませんが、鍵沼《かぎぬま》、有馬《ありま》、吉本、河西の四人です。あっ、河西のことは知っているか。ただ、それが、本名かどうかは分かりませんが」

進藤は淀《よど》みなく言った。神谷は吉本の名が出たことに内心ほっとした。〝リーパー〟の組織的犯行なら厄介《やっかい》だと思っていたからだ。

「吉本の年齢は、いくつだ？」

「二十歳《はたち》だって言っていたけど、おそらく未成年だと思う」

進藤は腕組みをして答えた。

「やはりそうか。吉本は十八歳ということまでは分かっている。彼に鍵沼らは手を貸すか？」

神谷は質問を続けた。

「吉本が、ヒットマンだって？　やつは、まだガキだ。吉本を疑う理由でもあるのか？」

進藤は首を捻った。

「事情は知らないが、十八なら立派な大人だ。俺は十七の時に最初の仕事をしたものだ」

長谷川は腕組みをして自慢げに言った。

「俺と仲間は、爆弾で狙われた。しかも次に俺はボーガンでも狙われたんだ。ただのチンピラのやることじゃない。それとも、吉本は、テロの英才教育でも受けたんだろうか？」

神谷は手口を説明した。

「爆弾にボーガン？　やるな。あいつは結構ワルだからな。だけど、頭は悪いからちょっと無理はあるかも。でも、鍵沼さんや有馬さんは、どうかな。得体のしれない人だから」

進藤は何度も首を縦に振った。

「心当たりでもあるのか？」

「俺は見張り役で、大した仕事もしていないし、やつらと親しくもなかったんだ」

「だから、おまえは捕まったんだ。河西もそうだが、おまえらは捨て駒だったんだ。見張り役なんて、逃げる時、足手まといになるだろう。おまえたちに詳しい情報を教えなかったのは、最初から見捨てるつもりだったからだ」

神谷は苦笑した。

「だとしたら、許せねえ。サツには何も言わなかったのに」

進藤は両手を握りしめ、声を震わせた。

「何でもいい。あいつらのことを教えてくれ」

神谷は進藤の肩を優しく叩いた。

6・八月十七日AM9：30

午前九時半、府中刑務所。

神谷は雑居房仲間とともに工場に移動し、作業をしている。

今日も床の掃除と資材の調達係だろう。進藤に聞いたところ、一週間は下働きをさせられて翌週からは熟練の受刑者に簡単な木材加工を教えられるそうだ。

昨日ちょっかいを出して来たのは、滝川組の向井と小川《おがわ》という組員である。年齢は二十代後半で、素手で相手を半殺しの目に遭わせるという傷害事件を起こして服役していた。二人とも今日は神妙に作業をしているようだ。担当の刑務官も、彼らを気にしている。

昨日、長谷川の協力を得て進藤から情報を得ることが出来た。窃盗団は鍵沼がリーダーで、サブリーダーは有馬、それに使いっ走りの吉本の三人らしい。ただし、彼らが本名かどうかは知らないそうだ。警察も窃盗団を追い詰められないのは、犯行現場に残された指紋がデータベースにも載っていないからである。

彼らは、見張り役など新たな仲間の募集をダークウェブで行っているらしい。進藤も河西もダークウェブの募集広告に応募して雇われたそうだ。そのため、窃盗団の隠れ家など肝心《かんじん》な情報はほとんど持っていなかった。警察で自供しなかったのは、自分が起こした事件で刑が決まっていたことと、鍵沼らへの義理もあったためらしい。出所後に連絡を取って新たな仕事を得ようという下心もあったようだ。

有馬は〝ラスボス25257〟というふざけたハンドルネームで、〝釣り人募集〟というタイトルで窃盗団の募集広告を掲示板に出しているらしい。進藤からの情報は、これですべてである。

神谷は朝一番で、刑務官に自分の事件のことで弁護士に相談したいと要請していた。弁護士の電話番号は岡村のスマートフォンの番号で、要請を受けたらすぐに検察官に連絡を入れてもらうことになっていた。

岡村に連絡をしたのは今朝だが、神谷の保釈が認められるのは早くても夕方近くになるだろう。それまでは、受刑者として大人しく過ごすほかない。

「おまえの目付きが気にいらない。俺のことを監視しているのか？」

怒号が響いた。受刑者の手が止まり、静まり返った。

滝川組の向井が、いきなり長谷川に喧嘩口調で迫ったのだ。長谷川は神谷を守るため、向井と小川のことをさりげなく注視していた。それが気に障ったのだろう。

「712号長谷川！　853号向井！　持ち場に戻れ！」

刑務官が怒鳴った。いつもの三倍はある怒声だ。

「すみません。オヤジ！」

長谷川が右手を上げて笑った。

「何だ、この野郎。ゴマ擂《す》りやがって」

向井が長谷川の胸ぐらを摑んだ。

「クソ餓鬼《がき》が！　舐《な》めんな！」

切れた長谷川が、向井の腕を振り払った。迫力は長谷川の勝ちである。

「やるか！」

向井が拳《こぶし》を握る。

「止めろ！」

周囲の受刑者たちが二人を止めようと彼らに群がった。

神谷も割って入ろうとしたが、長谷川が手を伸ばして来るなと合図を送って来た。騒動に加われば懲罰で独房入りになるからだろう。

「全員、持ち場に戻れ！」

叫んだ刑務官が、警笛を鳴らす。だが、向井はさらにヒートアップし、止めようとした男を突き飛ばした。警笛では、収まりそうにない。

刑務官は台から下りて近くの非常ボタンを押した。

警報が鳴る。

「騒ぐな！　持ち場に戻れ！」

刑務官が台に上がり、警笛を鳴らし続ける。

警棒を持った四人の警備隊員が、駆け込んできた。

「うっ！」

腰に激痛を覚えた神谷は、振り向き様に右裏拳を振った。

拳が鈍《にぶ》い音を立てる。

床に転がった小川が、顔面から血を吹き出して気を失っていた。裏拳が鼻の骨を砕《くだ》いたらしい。突然体を預けるようにぶつかってきたので、咄嗟に反応してしまった。長谷川と向井の騒動に気を取られ、冷静に対処出来なかったのだ。

「おい！　神谷、大丈夫か！」

進藤が神谷の腰の辺りを指差して声を上げた。

腰に手を当てると、ヌルッとした感触がする。

「むっ！」

掌《てのひら》を見ると血がべったりと付いていた。

改めて小川の右手を見ると、血が付いたナイフのような物を握っている。木切れをナイフのように削り出したのだろう。

「まいったな」

傷口を手で押さえた神谷は、工作機械にもたれ掛かった。

ダークウェブ

1・八月十七日PM6：50

八月十七日午後六時五十分、府中市。

神谷《かみや》はベッドに横になり、点滴を受けていた。刑務所にほど近い府中富士病院の個室である。

府中刑務所の工場で受刑者に手製の木製ナイフで襲われた。ナイフの切っ先は腰の上辺りから腎臓《じんぞう》をかすめて腸にまで達していたそうだ。だが、木製ナイフはヤスリを掛けられて精巧に出来ていたことがかえって幸いし、傷口は荒れておらず縫合《ほうごう》手術は上手《うま》くいったという。

また、手術を担当した医師の話では、傷口の状態がいいため回復も早いだろうと太鼓判を捺《お》してくれた。とはいえ、最低三日は入院が必要だそうだ。

「間もなく玲奈《れいな》くんが目覚める。私は一階の待合室で待っているから、そう伝えてくれ」

岡村《おかむら》は折り畳み椅子から立ち上がると、病室から出て行った。

手術は午前中に終わっていたらしく、午後二時には麻酔から覚めている。岡村と沙羅《さら》は午前十一時には来ていたそうだ。新型コロナの流行で一般の面会は許可されていない。だが、岡村は警視庁のツテを使って特別許可をもらったらしい。

沙羅は替えの下着やタオルなど、最低限必要なものをコンビニで購入してきてくれた。岡村が会社の各部屋のマスターキーを持っているので、勝手に神谷の部屋に入って持ち出すことも出来たはずだが遠慮したらしい。沙羅はベッド脇で付き添っていてくれたが、今は窓際のソファーで眠っている。

岡村は神谷の無事を確認したら帰るつもりだったが、沙羅は玲奈にも見舞いをさせたいと残ったのだ。

沙羅はいつもと同じく午後四時過ぎに眠りについている。眠っている間に玲奈に変わるのか、起きた瞬間に入れ替わるのかは本人にも分からないらしい。いずれにせよ、午後七時には目覚めるだろう。彼女がいつも使っている目覚まし時計は、ソファーの横にある小さなテーブルの上に載せてある。

午後七時、目覚まし時計が、電子音を奏《かな》でた。

「えっ！」

両眼を見開いた玲奈は慌てて目覚まし時計のスイッチを切り、両手で頭を抱えて周囲をきょろきょろと見た。動揺するのも無理はない。

「玲奈……」

神谷は体を起こそうとしたが、激痛に襲われた。鎮痛剤を飲んでいるが、痛みが上回ったらしい。

「神谷、さん……説明して」

玲奈は両手を上げたまま立ち上がり、ベッド脇に立った。

「今朝、刑務所内のちょっとした事故に巻き込まれて、入院することになった。昼前に社長と沙羅が見舞いに来てくれたんだ。沙羅は君もきっと見舞いをしたいだろうと、ここで仮眠を取ったんだよ」

神谷は体を起こすのを諦め、横になったまま説明した。襲撃されたことは彼女には取り敢《あ》えず、知らせない方がいいだろう。

「……沙羅も気が利くわね。でも、帰りが心配。あなたは、送ってくれないんでしょう？」

玲奈は神谷の右手を握った。

「そうしたいが、難しいね。社長が一階の待合室にいる。彼が一緒に帰ってくれるよ」

玲奈の手を握り返すと、彼女は神谷の手を両手で包んだ。彼女の顔は、いつもと違って優しい表情である。沙羅の表情と似ているが、玲奈はどこか憂《うれ》いを含んでいた。

「私が、社長と二人でドライブ出来ると思う？」

首を振った玲奈は笑った。

「ハードルは高いな。沙羅でさえ、気分が悪くなったと言っていたからな」

神谷は苦笑した。渋滞《じゅうたい》していたので、一時間以上掛かったらしい。軽い閉所恐怖症でもあるらしく、沙羅は移動手段としては電車の方が安心できるそうだ。玲奈は沙羅に輪を掛けて重い症状である。

「あなたのお見舞いは出来たけど、困ったわね」

玲奈は病室を見回した。

「ひょっとして、あれはソファーベッドじゃない？」

玲奈は神谷の手を離し、先ほどまで座っていたソファーに近付いた。

「付き添い看護用の折り畳みのソファーベッドらしいよ」

神谷は優しく答えた。岡村は神谷の手術中に一番豪華な個室を手配してくれたのだ。もっとも、面会するため、一般の患者と接触を避ける必要もあった。

「今日は、ここに泊まって明日の朝、沙羅に帰ってもらうわ。問題があるとしたら、私のスマホとパソコンがないことね」

玲奈は腕組みをして首を振った。

「沙羅がバッグを持ち込んでいたから、チェックしたらどうかな」

神谷は自由になる右手で、ベッド脇にある折り畳み椅子の上を示した。

「あらっ。私の着替えにスマホとノートＰＣまである。さすがね。私のことがよく分かっている。彼女は私が残ることを前提に用意したんだわ」

玲奈は手放しに別人格の気遣いを喜んでいるが、慣れたとはいえ傍《はた》から見れば少々奇妙な光景である。

「ここで仕事する気かい？」

神谷は笑った。

「そうよ。毎日、同じ行動をすることで、私は精神の安定を図っているの。沙羅も同じことを言っていたわ」

玲奈はノートPCを手に、ソファーに座った。

「それじゃ、刑務所で摑んだ情報を報告するよ」

神谷は進藤から聞いた話を彼女に教えた。

「ダークウェブね。私はあまり使わないけど、闇取引をするハッカーの間では常識。〝釣り人募集〟のタイトルは、胡散《うさん》臭いわね。とりあえず〝Ｔｏｒブラウザ〟を立ち上げて、調べてみるわ」

玲奈は膝に載せたノートPCで仕事を始めた。彼女のリズミカルなタイピングの音は、眠気を誘う。ちなみに彼女が〝Ｔｏｒブラウザ〟を使うのは、ダークウェブは一般的に使われているブラウザでは接続できないためだ。

〝Ｔｏｒ〟とは匿名化《とくめいか》ネットワークのことで、〝Ｔｏｒブラウザ〟を使えば匿名化されるだけでなく、履歴《りれき》の自動削除も行われるのでユーザーはプライバシーを守られる。それゆえ、犯罪の温床にもなっているのだが、玲奈はその機能すら打ち破るハッキング技術を持っているということである。

「何か分かったら、教えてくれ」

神谷は大きな欠伸《あくび》をすると、目を閉じた。

2・八月十九日PM1：40

八月十九日、午後一時四十分。

神谷は会社のジープ・ラングラーの助手席に収まっていた。

ハンドルは貝田《かいだ》が握り、中央自動車道を新宿方面に向かっている。府中の病院を退院したのだ。後部座席には沙羅が、眠っているのか、目を閉じて座っていた。都心を走る車に乗っていると酔ってしまうので景色を見ないようにしているのだろう。特に首都高速道路は、防音壁に囲まれている閉塞感《へいそくかん》が駄目らしい。

担当医師からは最低三日の入院が必要だと言われていたが、三日目の今朝の回診で自宅療養《りょうよう》を約束して退院の許可を取り付けた。怪我の回復は良好らしい。それは自分でも分かっている。背筋に力を入れなければ傷は痛まないのだ。

「それにしても散々でしたね。爆弾にクロスボー、それに木製ナイフでしょう」

貝田が、神谷の顔色を窺いながら尋ねてきた。神谷が黙っていたので、気を遣っていたのだろう。だが、車に乗って二十分というのが、限界だったらしい。

「三度目の正直だ」

神谷は自嘲《じちょう》気味に言った。

「確かに三度目で負傷しちゃいましたけど、尾形《おがた》さんの事件には関係ありませんよね」

貝田は軽く肩を竦めた。

「関係ないかどうかは、分からないぞ」

神谷は首を捻った。

デパートでの爆弾攻撃は、尾形を狙ったもの。クロスボーの攻撃は、尾形の息子の情報を探ったことへの警告。そして、刑務所での襲撃は、受刑者である滝川《たきがわ》組の小川《おがわ》が神谷を心龍会の準幹部と誤解したためと見られている。

実際、小川はそう供述したそうだ。凶器となった木製ナイフは、一ヶ月ほど掛けて仕事をする振りをしながら削り出し、工作機械の裏側に隠していたらしい。神谷を襲うためではなく、護身用に作ったというから呆《あき》れるほかない。

三度目の攻撃は無関係だと貝田は思っているようだが、神谷は判断に迷っている。というか、無関係のような諍《いさか》いで殺されかけたことで却《かえ》って怪しんでいるのだ。小川は刑務所に送り込まれたヒットマンで、滝川組に敵対する受刑者を殺害する役目があったのだろう。それは武器をかなり前から用意してきたことからも明白である。だが、それを第三者が、この場合〝リーパー〟だが、小川を利用した可能性もあると神谷は考えているのだ。

「ご冗談を。だって神谷さんを刺したのは、ヤクザなんでしょう？」

貝田は神谷を見て首を傾げた。

高井戸《たかいど》インターを過ぎて渋滞気味である。追越車線を走っていた車が、割り込んできた。

「前を見ろ！」

神谷は声を荒らげた。割り込んできた車が、ブレーキを踏《ふ》んだのだ。スピードの出しすぎで前の車とぶつかりそうになったのだろう。

「わあ！」

貝田は慌ててブレーキを踏んだ。衝突は免《まぬか》れたが、後続車にクラクションを鳴らされた。機械工学は博士号が取れるほどの知識と技術を持っているが、運動音痴《おんち》というのが彼の弱点である。

「落ち着いて運転してくれ」

神谷は自分の右腰をさすった。急ブレーキのせいで思わず力が入り、傷口に激痛が走ったのだ。

「はっ、はい」

貝田は返事をすると、深呼吸した。

「頼むぜ」

神谷は額に浮いた冷や汗を掌で拭った。後部座席の沙羅は神谷の声で目覚めたらしい。

三十分後、貝田は会社の前で神谷と沙羅を降ろすと、少し離れた駐車場に停めるために立ち去った。

「お勤め、ご苦労様です」

星野《ほしの》が玄関前で出迎えてくれた。冗談かと思ったが、星野は真面目な顔で頭を下げている。彼にとっては刑務所帰りの神谷は、箔《はく》が付いた存在なのかもしれない。星野は木龍《きりゅう》の命令で神谷が襲撃されてから夜だけでなく、昼間も会社に詰めているそうだ。

「ああ、ありがとう」

頭を掻いた神谷は、足を引き摺《ず》るように歩く。足は痛くないのだが、足を交互に動かすと傷口が痛むのだ。病院では駐車場まで車椅子を借りていたので、さほど苦労しなかった。車に乗るにも、ラングラーは車高が高いのでさほど痛みを覚えなかったのだが。

「私、先に部屋に行って準備しています」

沙羅は会社に入っていった。彼女に部屋の鍵を預けてある。

「肩をお貸しします」

星野が神谷の左脇から潜り込むように腕を取った。

「大袈裟《おおげさ》だな。だが、今日だけ、甘えようか」

神谷は苦笑しながらも星野の力を借りた。実際に歩くのがかなり楽になる。

だが、歩く速度は、カタツムリ並だ。玄関からエレベーターホールまで、これほど距離を感じたことは初めてである。

「車椅子を借りた方がいいかもしれませんね。手配しましょうか？」

星野はエレベーターの呼び出しボタンを押して言った。神谷の歩調があまりにも遅いので案じているのだろう。

「明日には一人でも歩けるはずだ。それにリハビリにもなる」

神谷は大きく息を吐きながら言った。

二階に上がって廊下を移動し、二〇五号室の前になんとか辿《たど》り着く。途中でもう一日入院しておけば良かったと後悔したが、自分の部屋のドアを見た瞬間に報《むく》われた気がした。

星野がドアをノックした。

「私は隣りの二〇三号室です。何かあれば声をお掛けください。それから、後で木龍がお邪魔するそうです」

星野は一礼すると、小走りに階段を降りて行った。

「大丈夫ですか？」

ドアを開けた沙羅は、心配げに尋ねた。

「平気と答えたいけどね」

神谷はゆっくりと歩き、応接ソファーに腰を下ろした。

出入口近くに応接エリアがあり、右手にパーテーションを立てて部屋を仕切ってある。その奥はプライベートゾーンになっており、ベッドと既設のガラス張りのシャワールームとトイレがある。

「もう、ベッドに横になった方がいいと思いますよ」

沙羅は床に掃除機をかけながら心配している。

「パソコンのメールを調べたら横になるよ」

神谷は答えると、舌打ちをした。いつも使っているノートPCは、パーテーションの手前のデスクの上である。今座っている位置から二メートルほど先だが、立ち上がるのが億劫《おっくう》なのだ。

「はい、どうぞ」

意を察した沙羅が、ノートPCを持ってきてくれた。彼女はいつでも気配りができる女性である。

「ありがとう」

神谷はノートPCを受け取り、膝の上に載せた。

「私はこれで失礼します」

沙羅は床を掃除すると、掃除機を手に部屋を出て行った。彼女はとても親切なのだが、いつもながらあっさりとした態度である。

沙羅が出てすぐにドアがノックされた。

「どうぞ。勝手に入ってくれ」

神谷は声を上げて顔をしかめた。

「失礼します」

マスクをつけた木龍が、頭を下げながら入ってきた。沙羅が出てくるのを廊下で待っていたのだろう。彼はこれまでヤクザ故に遠慮して会社に入ってきたことはないと聞いている。

「珍しいな」

神谷は右手を軽く上げて挨拶した。これが一番痛みを伴わない。

「神谷さんが動けないと思って、失礼を承知で伺いました。まずはお詫びを申し上げます。

ムショで長谷川が役に立てず、本当に申し訳ございませんでした」

木龍は神谷の前でいきなり土下座し、深々と頭を下げた。

「なっ。勘違いしないでくれ、長谷川さんのおかげで情報は得られた。礼を言おうと思っていたんだ。謝罪されるいわれはない。顔を上げてくれ」

神谷は腰を浮かせて、顔を歪《ゆが》めた。

「何をおっしゃいます。長谷川と滝川組の若い者の喧嘩は、神谷さんの気を逸《そ》らすためだったと思っています。そうでもしなければ、神谷さんともあろうお人が、むざむざ怪我をさせられるはずがありません。長谷川は、滝川組に利用されたんです。馬鹿なやつです」

木龍は苦虫を嚙《か》み潰したような表情になった。

「捜査の重要な手掛かりを得たんだ。文句を言うつもりはないし、むしろ彼には感謝している。刺されたのは、俺の油断なんだ。喧嘩がなくても、俺は刺されていただろう。彼に責任はない。けじめは今後の捜査でつければいいんだ。頼むからソファーに座ってくれ」

神谷は首を左右に振った。

「今後、捜査はどうされますか？」

木龍は向かいのソファーに座り、不服そうに尋ねた。

「玲奈が調査をしている。彼女なら犯人が使っているパソコンの位置情報まで摑めるだろう。捜査はそれからだ。出来れば、調査結果が出るのに二日以上掛かるといいんだが」

神谷は二日あれば、歩き回れるようになるという自信がある。

昨年、国立競技場で爆弾テロを起こそうとした犯人らに銃撃されて瀕死《ひんし》の重傷を負っていた。それに比べれば、今回の傷はたいしたことないと思えるのだ。

「あまり、無理をなさらないでください。我々がその分、動きますから」

言葉遣いは丁寧だが、木龍はじろりと神谷を睨みつけた。怪我人は引っ込んでいろと言いたいのだろう。

「やられっぱなしじゃ、つまらないだろう？」

神谷は笑顔で見返した。

3・八月二十二日AM7：20

午前七時二十分、911代理店。

神谷は食堂兼娯楽室のソファーに座り、食後のコーヒーを飲んでいた。手術後六日目にして初めてのコーヒーである。

朝食はシリアルと豆乳、それにヨーグルトを食べた。固形物は食べてもいいのだが、消化に時間が掛かる食品は縫合した腸に負担がかかりそうなのでまだ控《ひか》えている。

「コーヒーを飲んで大丈夫なんですか？」

沙羅が自分のコーヒーカップを手に隣りに座った。神谷は砂糖なしのブレンドコーヒーだが、彼女は毎朝砂糖を入れたミルクたっぷりのカフェオレを飲む。ちなみに玲奈はブラックコーヒーが好きだ。

「医者から刺激物は避けるように言われていたけど、もう大丈夫だろう。それに、飲まない方がストレスで胃腸に悪いんだ」

神谷は苦笑しながら、コーヒーを啜《すす》った。担当医師からは自宅に帰ってから三日間は絶対安静、食事はお粥《かゆ》からはじめてアルコールはもちろんコーヒーなどの刺激物も避けるように注意されていた。とりあえず、それは守ったので自分への褒美《ほうび》でもあったのだ。

「困った人ですね、本当に。お昼と夕食は当面私が作りますから、適当な物は食べないでくださいね」

沙羅が眉間に皺を寄せた。玲奈が怒った時と違って可愛らしく見えるから不思議だ。退院してからの食事はすべて彼女が作ってくれた。夜は、神谷と玲奈の二人分の弁当を作ってくれる。今まで以上に頭が上がらなくなった。

「お言葉に甘えます。だけど、体調は本当にいいんだよ。今日にでも走れそうだ」

神谷は軽口を叩いた。病院のベッドでじっとしているのが耐《た》えられなくて無理を言って早期に退院したのだが、他にも理由はある。誰でも自由に出入りできるような病院では、殺されるかもしれないという不安があったのだ。そのため、夜は眠らずに昼間に仮眠を取るようにしていたので却って寝不足になってしまった。

その点、セキュリティが万全の会社なら安心できた。毎晩ぐっすりと眠っており、おかげで格段に良くなっている。昨日の午後から足を交互に動かして歩いても、傷の痛みはかなり軽減されてきた。今朝はエレベーターを使わずに階段でここまで来ている。明日からは本格的なリハビリという段階に移れそうだ。

「でも、思ったより元気になってほっとしています。急がなくてもいいですが、玲奈の伝言がありますので部屋まで来ていただけますか？」

沙羅は立ち上がると、キッチンで自分のカップを洗いながら言った。

「わかった。コーヒーを飲んだら行くよ」

神谷は小首を傾げた。玲奈からはこれまで直接メールを貰ったり、ビデオ会議で打ち合わせをしたりと、それなりにコミュニケーションは取れていたからだ。沙羅を介して連絡を受ける理由が分からない。

「それでは。お先に失礼します」

沙羅は神谷のコーヒーカップをチラリと見て、部屋から出て行った。神谷が飲み終わるのを待っていたのかもしれない。

「すぐに行くよ」

神谷はコーヒーを飲み干すと、ソファーの肘掛《ひじか》けを摑んで立ち上がった。

「よしよし」

ほとんど痛みがないので思わずにやりとする。自分のコーヒーカップを洗うと、食堂を出た。傷口は塞《ふさ》がっているはずだ。明々後日に近所の総合病院で抜糸してもらうことになっている。府中の病院は遠いので、退院する際に紹介状を書いてもらっていた。

神谷は三〇五号室のドアをノックした。

「どうぞ。私のパソコンデスクの椅子に座ってください」

ドアを開けた沙羅は、神谷を迎え入れながら言った。

「了解」

彼女の前なので、神谷はなるべく普通に歩いた。それなりに痛むが、筋肉痛と思えば我慢できる。

「昨日、玲奈から神谷さん宛のビデオメッセージを預かりました。神谷さんの体調が良かったらという条件で、お見せするように言われています」

沙羅はデスク上のノートＰＣを操作しながら言った。体調が条件だったらしい。神谷が無理に活動しないように玲奈は気を使ったようだ。

ノートＰＣのモニターに玲奈の顔が映った。

――このビデオを見ているということは、体調はよくなったのね。ダークウェブを調べて面白いことが分かったの。〝ラスボス２５２５７〟は、これまで掲示板に少なくとも五回投稿している。タイトルは〝釣り人募集〟、〝ナイトツアー〟、〝一攫《いっかく》千金〟など窃盗仲間を募集する内容のものばかり。呆れたわ。

玲奈はいつもの早口で説明をはじめた。ビデオのため質問出来ないのが残念だ。

――そこで、〝ラスボス２５２５７〟が使用しているパソコンのＩＰアドレスを得て、接続しているプロバイダも特定したわ。

よくネット上で「ＩＰアドレスを抜いた」と脅迫する者がいるらしいが、ＩＰアドレスを特定したとしても、それだけでは個人情報を得られないことは神谷でも知っている。ただし、ネットに接続するためのプロバイダやサイト管理者のもとには個人情報があり、裁判所命令で開示させることはできる。玲奈はもちろんプロバイダのサーバーをハッキングしたのだろう。

——ネットカフェを使っていたの。しかも〝ラスボス２５２５７〟は、行きつけのネットカフェにお気に入りの部屋があるみたい。使用する日時はバラバラだけど、いつも同じ部屋のパソコンからアクセスしている。そこで、お願いがあるの。渋谷《しぶや》にある〝バラモン〟というネットカフェに行って、盗聴器と隠しカメラをとりつけてきて欲しいの。顔が分かれば、個人を特定できる可能性は高い。よろしくね。

玲奈が軽く頷くとムービーは終わった。

「彼女なら、ネットカフェのサーバーに入り込んで〝ラスボス２５２５７〟が使用しているパソコンを操作出来るんじゃないかな？」

単純な疑問である。パソコンのカメラにアクセスすれば、それで使用者の顔の写真や動画を撮影できるはずだ。

「〝ラスボス２５２５７〟を使っているのは有馬《ありま》という人らしいけど、用心深くて、パソコンのカメラをテープで塞いでいるそうなの。だから、ネットカフェのパソコンが操作できても駄目らしいわ。それから同じネットカフェのマシンを使うのは、〝Ｔｏｒブラウザ〟を仕込んであるためとも彼女は考えているわ。というのは、普通のネットカフェならマシンをソフト的にクリーニングするから〝Torブラウザ〟をインストールすることはできないんだけど、そのお店はちょっとさぼっているみたい」

沙羅が首を振って見せた。

「うん？　彼女から直接話を聞いたわけじゃないよね？」

神谷は両眼を見開いた。ビデオメッセージでは語られていない情報を沙羅が知っていたからだ。

「時々、それが出来れば本当に便利だと思うけど、さっきのビデオメッセージとは別にメールで説明が補足されていたの。言い忘れていたから、私から説明するようにって」

沙羅は口元を手で押さえて笑った。

「だよな。機材は揃っているから、午後にでも出かけるよ」

大きく頷いた神谷は勢いよく立ち上がり、しかめっ面になった。

４・八月二十二日ＰＭ２：５０

午後二時五十分、渋谷。

神谷と貝田が乗ったタクシーは、神宮《じんぐう》通りから井《い》の頭《かしら》通りに入った。

「ここでいいよ」

神谷はタクシーを止めた。玲奈から得た情報で、さっそく活動している。窃盗団が、ダークウェブを使って仲間を募集していたことは分かっている。玲奈はハンドルネーム〝ラスボス2５2５7〟が、ネットに接続するのにネットカフェ〝バラモン〟の同じパソコンを使っていることを特定したのだ。

だが、有馬が〝ラスボス2５2５7〟というハンドルネームを使っていたかは、進藤の証言だけで、今のところ証明は出来ていない。

二人は井の頭通りから一方通行の路地に入り、五階建ての雑居ビルの前で立ち止まった。通りはカラオケや漫画喫茶や飲み屋が軒を並べている。渋谷センター街に通じているので、人通りはあった。新型コロナウィルスの流行のため緊急事態宣言が出されているが、この街は関係ないらしい。

政府が緊急事態宣言を乱発することで、人々の警戒心はむしろ削《そ》がれた。国民には「不要不急の外出の制限」をしながら政治家や官僚は大人数の会食を平気で行う。また、オリンピック・パラリンピックの開催のためのちぐはぐな政策などで国民の危機感は薄れる一方だ。

雑居ビルの出入口前に〝3F・ネットカフェ・バラモン〟という電飾看板が出ている。

看板を見た神谷と貝田は通路奥のエレベーターに乗った。神谷はドアが閉まる前にビルの出入口に立っている星野に頷いて見せた。

星野は神谷らが乗ったタクシーの後を仲間が運転する探偵事務所の車で追って来たのだ。木龍が神谷に付けた護衛の任務は、犯人を逮捕するまで続くらしい。神谷には自分が囮《おとり》になることで犯人を誘《おび》き寄せ、星野が犯人に気付いてくれればという思惑《おもわく》も働いていた。

「ほお。まるでホテルだな」

三階で下りた神谷は、目を丸くした。ネットカフェのイメージは、薄暗い照明にベニヤ板で仕切ったような個室である。だが、正面に綺麗なフロントがあるのだ。

「ひょっとして、最近のネットカフェに来たことがないんですか？」

貝田が囁《ささや》くように尋ねた。馬鹿にしているようだ。

「日本では初めてだ。厳密に言うと海外でも個室はないからな」

神谷は苦笑した。警察官時代はまったく縁がなかったが、海外で放浪生活をしている時、母親にメールを送るために使ったことがある。海外には、日本のようなスタイルのネットカフェは存在しない。犯罪の温床になるからだろう。パーテーションで仕切られたオープンスペースのネットカフェなら知っている。個室というのはあり得ないのだ。

「いらっしゃいませ。先に検温をさせてください。手首で測ります」

赤い制服を着たフロント係が、非接触型体温計で神谷と貝田の体温を測り、ついでに掌にアルコールを吹きかけた。

フロントのカウンター前にはソファーとドリンクの自販機があり、カウンター左手に廊下が続いている。廊下の左右にドアに大きな数字が印字された個室がいくつも並んでいた。

「ご協力ありがとうございます」

フロント係は軽く頭を下げると、カウンターに立てかけてあるパネルで、ブースやシャワールームなどの説明を始めた。

パネルにはAB二種類の部屋の写真と詳細が載せられている。Aタイプは三部屋あり四畳半ほどの広さがある。パソコンデスクだけなくソファーやテーブルがあり、四名まで使用出来るブースだ。Bタイプは一畳半ほどでパソコンデスクにリクライニングシートが設置された一人用のブースである。事前にインターネットで調べてきたので、施設の内容は聞かなくても分かっている。

「Aタイプの3番の部屋を借りたいんだけど、空いているかな」

神谷はパネルのAタイプの写真を指差した。〝ラスボス25257〟が使っていた部屋である。

「すみません。ただいま3番ブースは使用中です。Aタイプですと、隣りの2番ブースなら空いていますよ」

フロント係はカウンターのパソコンのモニターを見ながら答えた。

「それは残念だな。験《げん》を担いでいるから僕のラッキーナンバーの『3』がいいんだ。3番の予約をしたいんだが、いいかな？」

神谷は貝田と顔を見合わせて言った。本当は移動が面倒なので別の部屋で待ちたいところだが、それでは3番に固執することを疑われてしまう。

「そうですね。今使われているお客様は、午後二時から四時までとなっています。そのお客様が延長されない場合は、清掃作業の後に入室できます。よろしいでしょうか？　外で順番を待たれる場合は、携帯の電話番号を伺います。空き次第ご連絡いたします」

フロントは丁寧だが、機械的に答えた。電話での事前予約は駄目らしいが、カウンターなら出来るらしい。

「それでいいですよ。それじゃ、神谷で予約を入れてください」

神谷は自分のスマートフォンの番号も教えた。

二人はネットカフェがある雑居ビルから出た。

「一時間もありますよ。カラオケ屋で待ちますか?」

貝田は呑気《のんき》なことを言っている。

「馬鹿野郎。遊びに来たんじゃないぞ」

首を振った神谷は、渋谷センター街にあるハンバーガーショップに入った。星野は目配せすると井の頭通りに消えた。彼には雑居ビルのエレベーターに乗る前にショートメールで部屋を予約したことを知らせてある。

午後三時五十分、二人はハンバーガーショップから出て店が見える渋谷センター街の角に立った。星野は井の頭通り側の街角にいる。ネットカフェが入っている雑居ビルは路地のほぼ中央にあった。ビルの近くでもし有馬と鉢合わせになると、尾行するのに不都合だからである。有馬の風体は進藤から聞いており、星野にも教えてあった。

神谷のスマートフォンが呼び出し音を鳴らす。

——神谷様のお電話ですか? ネットカフェ・バラモンです。Aタイプの3番ブースが空きましたので、ご案内申し上げます。

ネットカフェのフロントからの連絡である。

「ありがとうございます。すぐに行きます」

神谷はニヤリとした。

「あれっ？　神谷さん、有馬ってどんな感じの男でしたっけ？」

傍《そば》の貝田が神谷の左肘を引っ張った。

「スキンヘッドに口髭、身長は一七八センチほど、いかつい男らしい」

神谷はスマートフォンをポケットに仕舞いながら答えた。

「あれっ！」

貝田が声を上げ、指差した。スキンヘッドに口髭の男が、こちらに向かって歩いてくる。例の雑居ビルから出て来たのだ。身長は一七八センチほどで胸板が厚く、かなり鍛《きた》え上げた体をしている。

「指差すな、馬鹿野郎。3番ブースを使っていたのは、あいつだったんだ。尾行するぞ」

神谷は貝田の耳元で囁くと、星野にさりげなく手を振って合図をした。貝田はともかく、本職の星野なら期待できる。

「まずいな」

神谷は舌打ちをした。

スキンヘッドの男は、二軒隣りのシャッターが下ろされている飲み屋の前に置かれていたバイクに跨《またが》ったのだ。エンジンをかけるとヘルメットを被り、走り出した。

　バイクの進行方向でスマートフォンを見ながら歩いていた星野は接触しそうになり、尻《しり》餅《もち》をついて転んだ。バイクの男は振り返って星野を見たが、そのまま井の頭通りに抜けて行く。

「何やっているんですかね、あの男は。役に立たない」

　貝田が大袈裟に肩を竦めた。

「その逆だ」

　神谷は鼻先で笑い、立ち上がった星野に近付いた。

「バイクの男が、有馬だといいですね」

　星野は苦笑いを浮かべている。

「さすがだな」

　神谷は星野の肩を軽く叩いて称賛《しょうさん》した。彼は迂闊《うかつ》な通行人を装《よそお》って、バイクの前輪のフロントフェンダーにGPS発信機を取り付けたのだ。スピードが出ていないとはいえ、一歩間違えれば大怪我をするような事故になっていただけに見ていてヒヤリとさせられた。

「どうしますか？　予定通り、ネットカフェに行くんでしょう？」

　貝田が割り込んできた。

　星野が小さく首を傾げた。彼もどうするのか窺っているのだ。

「そっちは、頼む。俺は星野さんと一緒に別行動だ」

　神谷は星野に頷いた。

5・八月二十二日PM8：00

午後八時、南新宿。

神谷は、コインパーキングに停められた黒のトヨタ・アルファードの後部座席に座っていた。〝こころ探偵事務所〟の車である。

星野がGPS発信機を取り付けたバイクは、南新宿の古い四階建てのマンション〝サンパレス新宿〟の前に停めてあった。渋谷のネットカフェからは約三・六キロ、バイクなら十分ほどの距離でけっして遠くはないが、新宿にもネットカフェがあるので近いとも言えないだろう。

玲奈がマンションを仲介している不動産業者を調べあげ、住人をすべて洗い出している。その中で偽の住民票を使って契約している山中大輔《やまなかだいすけ》と名乗っている人物を特定していた。山中は二〇三号室に住んでいる。他の住民は家族か女性で身元は確認できたので、山中が有馬に間違いないだろう。

〝サンパレス新宿〟の前の道は狭いので車を停めて張り込みをすることができない。そのため、星野と彼の部下で筑紫《つくし》という男がマンションの近くで監視している。車は八十メートルほど離れたコインパーキングに停めていた。

神谷も張り込みに加わると言ったのだが、星野から怪我人だからと拒絶されてしまった。仕方なく後部座席のリクライニングシートに座っている。足を伸ばして楽な姿勢でいられるので、うたた寝してははっと起き、睡魔と闘っていた。

後部ウィンドウがノックされた。

「うん？」

目を見開いた神谷が外を窺うと、いつものブラックスーツの木龍が立っている。

「失礼します」

木龍は後部ドアを開けて、神谷の隣りに座った。

「すまない。うとうとしていたようだ。久しぶりの外出で疲れているらしい」

神谷は天井に両腕を付けて上体を伸ばした。

「無理をしちゃいけませんや。まだ、抜糸もしていないんでしょう？」

木龍はポケットから缶コーヒーを出し、渡してきた。神谷の好きなブラックコーヒーである。

「ありがとう。ちょうど飲みたいと思っていたんだ」

神谷は缶コーヒーを受け取り、さっそく口にした。

「張り込みが長引くようですので、とりあえず四人連れてきました」

木龍は別のポケットからトマトジュースの缶を出して飲み始めた。どうも、この男の志向は分からない。好きな食べ物は、昔風のオムライス、飲み物はトマトジュース、ほかにもありそうだが、それを知っているのはごく一部の親しい人間だけだ。木龍は組関係者の前ではハードボイルドなのだが、本当は違うらしい。

「それは助かる」

神谷は頷くと、コーヒーを飲み干した。

「このヤマはどうなさるつもりですか？」

木龍は苦み走った顔でトマトジュースを飲み終えて尋ねた。

「どうするって？　犯人を見つけるまで続けるつもりだが」

木龍の質問の意味がよく分からない。

「情報をサツと共有されているんでしょう？　今追っている男が有馬と分かったら、どうされるんで？」

木龍は上目遣いで見ている。捜査を警察に引き渡すかどうか気にしているようだ。

「一旦取り組んだ捜査だ。最後までやり遂《と》げるつもりだ。尾形の息子を捕まえ、事件の全容を解明したら警察にバトンタッチするつもりだが、駄目かな？」

神谷は右眉を僅《わず》かに上げた。このまま捜査が長引けば、木龍は探偵事務所から大幅に人員を割《さ》かなければならなくなるだろう。警察なら捜査の状況次第でいくらでも人を駆り出せるだろうが、小さな探偵事務所ではたちまち人員不足に陥《おちい》る。

「駄目も何も、こちらからお願いしようと思っていました」

木龍が笑った。

「迷惑じゃないのか？」

「とんでもございません。我々の手でけじめをつけさせてください。お願いします」

木龍は頭を下げた。彼の手下である奥山《おくやま》が負傷したことにこだわっているようだ。

「ちょっと待ってくれ。まさか、殺すんじゃないだろうな」

よくよく考えれば、木龍はヤクザだった。外見はともかく、神谷と付き合いのある心龍会の人間は普通の一般人よりもまともに見える。だが、本性は違う可能性の方が高い。神谷の言う「けじめ」とは意味が違うだろう。

「ひと昔前ならそうですが、まさか、神谷さんはそれをお望みなので？」

木龍は首を傾げた。不思議がっているようにも見えるが、なんならそうしますということかもしれない。

「馬鹿な。犯人全員を捕まえて、証拠とともに警察に引き渡す。だから、証拠は裁判に堪《た》えられるように鑑識並みに収集するつもりだ」

神谷は苦笑を堪えて説明した。殺されそうになったのだ。けじめは自分の手でつけるというのは同じなのだが、元警察官という基本から外れることはない。

「承知しております。その点は、お任せください。証拠品は、鑑識技術を持った者だけに扱わせます」

木龍は、真剣な顔になって答えた。

――こちら、星野です。ターゲットがバイクで動きます。

ポケットの無線機から星野の声が響いた。探偵事務所の備品である。

「了解」

無線に答えた神谷は、頭を掻いた。報告するように頼んでいたのだが、よくよく考えれば怪我人の神谷は何も出来ないのだ。

木龍がウィンドウを下げ、右手を出して軽く振った。すると二人のスーツ姿の男が現れて運転席と助手席に乗り込んだ。一人は駐車料金を精算したらしい。木龍は四人連れてきたと言っていたので、あとの二人は星野の応援に向かったのだろう。

「香川《かがわ》、ターゲットを追ってくれ」

木龍は自分のスマートフォンを助手席の男に渡した。地図アプリに星野がバイクに取り付けたGPS発信機の信号が表示されているのだ。

「はっ！」

香川と呼ばれた男は恭《うやうや》しくスマートフォンを受け取り、ダッシュボードの専用のスタンドに設置した。

「面白くなりそうだ」

腕組みをした神谷は笑んだ。

6・八月二十二日PM8：25

午後八時二十五分、神谷の乗るトヨタ・アルファードは、甲州《こうしゅう》街道を調布《ちょうふ》方面に向かっている。

「バイクだから、追跡は難しいな」

神谷はウィンドウから道路状況を見ながら呟いた。渋滞とまではいかないが、交通量が多い。バイクはその点、車を縫うように走って行くのだ。それにアルファードは車体が大きいために路地裏などでは小回りが利かない。

〝こころ探偵事務所〟は様々な車種を所有しているらしいが、ラージサイズのアルファードを選んだのはその居住性からして張り込みの基地としてであろう。少なくとも尾行には向いていない。

〝サンパレス新宿〟を見張っていた星野と彼の部下は、ハッチバックのカローラ・ツーリングに乗ってアルファードのすぐ後ろを走っている。南新宿には一人だけ見張りを残してきたそうだが、〝サンパレス新宿〟の張り込みのために応援をさらに二人追加したらしい。木龍の探偵事務所は総動員体制に入ったようだ。

「大丈夫です。発信機の信号は拾っていますから」

運転している河井《かわい》という男が答えた。歳は二十代後半と若いが、狭い路地裏でも巧《たく》みなハンドル捌《さば》きを見せている。

笹塚《ささづか》の交差点で左折して中野《なかの》通りに入り、大山《おおやま》の交差点で右折すると井の頭通りに曲がった。甲州街道を走っている時は遠方に向かっていると思ったが、違うようだ。この辺りで井の頭通りに入るということは、目的地は意外と近いのかもしれない。

六百メートルほど先で左折した。一方通行にしてもいいような道路幅の鎌倉《かまくら》通りである。車はひたすら住宅街を抜けて行く。対向車がトラックだったら厄介な道だ。

「信号が下北沢《しもきたざわ》駅近くで止まりました」

助手席の香川が、後ろを振り返って報告した。

河井は井の頭線の踏切の手前を左折し、線路沿いの突き当たりにあるビルの前で速度を落とした。有馬のバイクは、五階建てのビルの前に置かれている。河井は左折して十五メートルほど先に車を停めた。後続の星野の車も後ろに付けて停まる。

「有馬があの五階建てのビルに入ったのか、判断に迷いますね。しかし、張り込みは必要です」

木龍が腕組みをしてウィンドウからビルを見つめながら言った。

最上階に明かりが点《とも》っているが、他の階の照明は落ちているのだ。しかも下北沢駅は五十メートルほどしか離れていない。バイクを降りて電車に乗った可能性も考えられる。だが、下北沢駅で電車に乗るのなら同じ小田急《おだきゅう》線の南新宿駅で乗ればいいはずだ。

「悪いが南新宿まで戻ってくれないか？」

神谷は周囲を見渡すと言った。直感ではあるが、ここに有馬がいるとは思えないのだ。

「了解です。香川、星野のチームに入って、張り込みをしてくれ。河井、戻れ」

木龍は頷くと、二人に指示を出した。

二十分後、アルファードは南新宿のコインパーキングに戻った。

「隠しカメラや盗聴器は持っているかな？」

後部ドアを開けた神谷は、木龍に尋ねた。

「私が出します」

河井が代わりに返事をすると、トランクを開けて外に飛び出した。木龍も無言で車から降りる。河井が木龍の承諾《しょうだく》を得ることもなく神谷の指示に従ったのは、木龍からそう命じられているからだろう。

「有馬の部屋に設置するんですか？」

木龍が尋ねてきた。

「そのつもりだ。やつは当分帰らないだろう。ひょっとすると、我々の張り込みに気付いたのかもしれない」

神谷は歩きながら答えた。有馬の行動は明らかにおかしい。渋谷のネットカフェで勘づかれた可能性はある。不審な動きをした貝田を見て、危険を察知したのかもしれない。

「そうかもしれませんね」

木龍は静かに答えた。角を曲がって〝サンパレス新宿〟に通じる路地に出る。

二人のTシャツ姿の若い男が、木龍に頭を下げた。応援で呼んだ探偵事務所の社員だろう。下手《へた》にスーツを着ているより、街に馴染んでいる。木龍は彼らに僅かに頷いただけで視線も合わせずに通り過ぎた。圧倒的な貫禄《かんろく》である。いつも彼にはタメ口を聞いているが、手下の前では謹《つつし》んだ方がよさそうだ。それに若頭という大幹部に付き合ってもらうのも恐縮である。

「私が設置するよ。大人数だと目立つからな」

神谷は振り返ると、付いてきた河井から樹脂製の道具箱を受け取った。

〝サンパレス新宿〟はマンションというより、アパートに近い。玄関はオートロックになっておらず、出入りは自由に出来る。エントランスに入ると、いきなり階段になっていた。エレベーターはないらしい。

神谷と木龍は階段を上がり、二〇三号室の前で立ち止まる。神谷はいつも持ち歩いているピッキングツールを出した。警察に見つかれば、泥棒《どろぼう》と疑われることは間違いない道具である。だが、鍵のご相談課の貝田と神谷はいつも持ち歩いていた。道具を持ち歩いていると、不思議と使用する機会が増えるものだ。

神谷はドアに耳を当てて中の様子を探った。部屋が無人とは限らないからだ。物音一つしない。シリンダー錠の鍵穴にピッキングツールを差し込み、ものの十秒ほどで解錠する。

「お見事です」

木龍はにやりとすると、ドアを開けてくれた。

神谷は先に部屋に入り、ポケットから出したライトを点灯させる。

「むっ！」

神谷は右眉を吊り上げると、靴《くつ》を脱いで上がった。部屋には家具が何もないのだ。ここで生活している様子は一切感じられない。

「やられましたね」

後から続いた木龍が溜息を漏らす。

「ここは、一種のパニックルームだったかもしれないな」

神谷は奥の部屋に入った。カーテンが引かれており、窓ガラスは開いている。カーテンの隙間《すきま》から外を見ると、木龍の手下の姿があった。尾行された場合に、このマンションに寄れば、尾行者は拠点を見つけたと勘違いするだろう。敵を欺《あざむ》いて逃走しやすくするのだ。

「とすると、ここには二度と帰ってこないかもしれませんね」

木龍は台所の戸棚を覗きながら呟いた。

「探偵事務所の鑑識係を呼んで指紋を採取してくれ。俺は念のために盗聴器を設置する」

神谷は道具箱から盗聴器と超小型カメラを取り出した。

逃がした魚

1・八月二十三日PM8：10

八月二十三日、午後八時十分、911代理店。

神谷《かみや》は自室のソファーに座り、膝の上に載せたノートPCの画面を見つめていた。画面には監視カメラの映像が映っている。

二人掛けのソファーがガラステーブルを挟んで向かい合わせに設置してあった。神谷は出入口が見える奥のソファーに座っている。ドアに背中を向けていると妙に落ち着かないからだ。

昨夜、渋谷のネットカフェが入っているビルの前でたまたま出くわした有馬《ありま》を木龍《きりゅう》の手下と一緒に下北沢まで追ったが、まんまと逃げられてしまった。

だが、有馬の行きつけのネットカフェと山中《やまなか》の名義で賃貸契約を結んでいる南新宿のマンションの部屋に盗聴器と超小型カメラを設置してきた。どちらもネット経由で監視映像が見られるようにしたのだ。今のところネットカフェにもマンションにも有馬は姿を見せていないが、ひょっとしたらという期待はある。

〝こころ探偵事務所〟が南新宿と渋谷の他、下北沢にも張り込んでくれていたが、隠しカメラの映像で充分だと引き上げさせていた。下北沢駅近くに置かれたバイクは、新たに取り付けたGPS発信機でこと足りる。

ドアがノックされた。

「どうぞ。鍵は掛かっていない」

神谷はノートPCの画面を見たまま答えた。ネットカフェの店内が映っている。静止画のような映像だったが、客が入ってきたのだ。有馬でなくても、ダークウェブを使用するような者なら仲間という可能性もある。貝田《かいだ》は隠しカメラを出入口が見えるところと、パソコンのモニターが映るところの二箇所に設置した。機械オタクだけに取り扱いはよく分かっている。

「こんばんは」

ドアがゆっくりと開き、玲奈《れいな》が遠慮がちに顔を見せた。

「ほお。いらっしゃい」

神谷は慌ててノートPCをテーブルに置くと、思わず立ち上がった。マナーではなく、単純に驚いたのだ。二〇一九年九月に911代理店に入社してから二年近く経ったが、彼女が部屋に入ってきたのは初めてである。

「お化《ば》けでも見たように驚かなくたっていいじゃない」

玲奈は珍しそうに部屋を見回しながら言った。彼女はよほどの事情がなければ、基本的に社屋から外に出ることはない。また、自室以外の行動範囲は、食堂兼娯楽室と昨年出来たトレーニングジムだけである。

「どういう風の吹き回しだい？」

神谷は深く息を吸って呼吸を整えた。彼女の部屋に行くのと逆のシチュエーションというだけなのだが、なぜか動悸《どうき》がするのだ。

「その手の嫌味は覚悟の上よ。この間、沙羅《さら》が府中の病院に連れて行ってくれたけど、意外と落ち着いていられたでしょう。だから、そろそろ自立したいと思っているの。それには、まずは自分の部屋から積極的に出ないとね」

玲奈は神谷の向かいのソファーに座った。彼女はパニック障害や対人恐怖症、閉所恐怖症などなど、外部からのプレッシャーに過剰に反応する精神的障害を持つ。養護施設で精神科医や心療内科医の治療を受けたこともあるそうだが、施設を出てからの数年受診したことはないらしい。そのため、処方薬も飲んでいないようだ。

「それは、いいことだと思う。慣れてきたら、夜の公園の散歩なんかもいいものだよ」

神谷は笑顔で彼女にソファーを勧めた。

「その時は付き合ってね」

玲奈ははにかんだ笑みを浮かべた。

「もちろんだ。いつかみたいにレストランでディナーもいいな」

神谷は微笑んで答えた。二年ほど前だが、事件を解決した褒美に沙羅から玲奈をデートに誘うように勧められてその言葉に従った。会社からほど近い高層ビルのレストランに玲奈を誘い、夜景を見ながら食事をしたのだ。

「素敵！　それじゃ、今度はドレスを買うわ。ああ、こんな時、沙羅が買い物に付き合ってくれたらな」

玲奈は珍しくはしゃいでいる。

「何かいいことがあった？」

神谷は思わず尋ねた。彼女が楽しそうにしている姿は本当に珍しい。

「一人でこの部屋に入ることが出来たから単純に喜んでいるだけよ。悪い？」

玲奈が右眉をぴくりとさせた。彼女の前では、余計なことを口にしないという鉄則があるのをつい忘れていた。

「すまない。君の笑みを見られて良かったと思っただけだよ」

何か用事があったのか聞こうと思ったが、火に油を注ぎそうなのでやめた。

「そう？　私はいつでも笑顔になれるわよ」

玲奈は寄り添うように立つと、神谷の肘を摑んで座った。

神谷は彼女に従って一緒に腰を下ろした。沙羅はいつも髪からシャンプーの花のような香りがする。清潔感のある良い香りだ。だが、玲奈からは香水の匂いがした。とても魅惑《みわく》的な香りである。

「…………」

これまでにないシチュエーションに、神谷は何を言うべきか迷った。それに心臓がなぜか高速で動いている。六年前に彼女を亡くしてから女性との付き合いはない。免疫《めんえき》を失っているようだ。

「有馬の正体が分かったわよ」

玲奈は神谷のノートPCを膝に載せてキーボードを叩きながら言った。有馬の情報を教えるためにわざわざ部屋に来たらしい。

「本当か？」

神谷は声を裏返した。彼女が隣りに座ったのは、単純にノートPCを使うためだったらしい。

「本名は、田伏直樹《たぶせなおき》、三十六歳。陸上自衛隊を四年前に辞めている。犯罪歴はないから、警察のデータベースではヒットしなかったわ。そこで、手当たり次第に警視庁や消防庁の職員や自衛隊員のデータベースを調べたら、陸自のデータにあったわけ」

玲奈はノートPCの画面に資料を表示させた。会社のネットワークから自分のパソコンのデータにアクセスしたようだ。

「素晴らしいが、どうして有馬が田伏直樹だって分かったんだ？」

神谷は首を捻った。いくら飛び抜けた才能があったとしても、根拠を示してもらえないと信じられないのだ。

「〝こころ探偵事務所〟から、有馬の顔写真と南新宿のマンションで採取した指紋を送ってもらったの。顔写真は、張り込みをした探偵事務所の社員が撮ったそうよ。もっとも、鍛え上げた体って聞いたから、元消防士や元自衛官という可能性もありかなと思ったのはただの勘だけど」

玲奈はあっさりと答えた。

「あの探偵事務所と付き合いがあるのか?」

神谷は両眼を見開いた。岡村《おかむら》から情報屋として木龍を紹介され、その延長線上で彼が経営する探偵事務所と繋がっている。そのため、探偵事務所のことを知っているのは自分と岡村だけだと思っていた。

「社長からの紹介だけど、これまでも〝こころ探偵事務所〟の依頼で、情報を集めたことがあるのよ。長い付き合いというほどじゃないけど、三年以上前からかな」

玲奈はあっけらかんとしているが、探偵事務所と言っても暴力団がバックに付いているような会社から依頼を受けているのだ。

「ここだけの話だが、あの探偵事務所のバックがどういうところか知っているかい?」

「心龍会でしょう。社長が、木龍さんは情報を悪事に使わないから心配はないって言っていたわ。それにあの会社は金払いがいいから、上得意なのよ」

玲奈は笑ってみせた。

「この情報は、警察にも知らせた方がよさそうだな」

田伏の素性が分かったところで、神谷や探偵事務所の社員だけでは捜査はできないだろう。警察に委ねるのが一番効果的で手っ取り早いはずだ。

「まだ、田伏直樹という人物が有馬と名乗っていたって分かっただけよ。彼が窃盗団の一味でも、神谷さんと尾形《おがた》の命を狙ったという証拠は何もないでしょ。警察でも手配できないわ」

玲奈に冷たく言われてしまった。冷静に考えれば分かることだ。

「そっ、そうか」

間抜けな質問をしたものだ。元警察官だけに、苦笑を浮かべるしかない。

「ずいぶん前に都内の監視カメラを自動的にハッキングして、顔認証までかけるプログラムを作ったの。それをさらにバージョンアップしたものを今回使っている。田伏がどこかの監視カメラに映れば、場所は特定できるわよ」

玲奈は淡々と言った。少々自慢も入っているのだろう。

「了解。それじゃ、待っていればいいんだな」

神谷は大きく首を縦に振った。

「ヒットしたら、何か奢《おご》ってね」

玲奈は神谷の頬に軽いキスをすると、部屋を出ていく。

「あっ、ああ」

神谷は呆然と玲奈を見送った。

2・八月二十四日AM7：50

翌朝、神谷はトレーニングジムのランニングマシンでウォーキングをしていた。傷口は完全に塞がっており、痛みもほとんど感じない。時速三キロに設定しているが、体が慣れてきたら五キロまで上げるつもりだ。

最終的には七キロまで上げるが、それは明日病院で抜糸をしてからの話である。一説によると、時速七キロから七・五キロあたりが、ランニングするよりもエネルギー消費量が多いそうだ。本当は早朝の街をランニングしたいが、岡村から仕事以外での外出を禁じられている。また、木龍が外出時にはＡＳＬＯＯＫ警備保障の警備員を付けると言い張っているので、それも面倒なのだ。

ランニングマシンの距離計が、三キロに到達した。今日は走行距離を三キロと決めている。調子が良ければ、午後にまた歩けばいい。

「ふう」

神谷はスイッチを切ってマシンから下りた。額から流れた汗が顎から滴《したた》り落ちる。たった三キロ歩いただけで、大汗をかいてしまった。一週間の運動不足でここまで体が鈍るとは予想外である。

「すごい汗」

隣りのストレッチマシンを使っている沙羅が、立ち上がった。この一週間ばかり、彼女は午前七時から二十分間食事をし、七時二十五分から二十五分間トレーニングジムで汗を流すのが日課になった。神谷のためにリハビリのスケジュールを組んで付き合ってくれているのだ。

沙羅が自分のタオルで神谷の額の汗を拭ってくれた。

「ああ、ありがとう」

ランニングマシンに掛けてある自分のタオルを取ろうとした神谷は、目を丸くした。怪我をしてから彼女はスキンシップを取ってくる。今の神谷は大きな赤ん坊同然なのだろう。

「すごい回復力ね。でも、無理しないで下さい」

沙羅は笑顔で言った。彼女の親切はいつものことなので、特別な感情が働いているわけではない。

「早く普通の生活が出来るようになりたいんだ」

神谷は自分のタオルで首筋の汗を拭い、彼女に笑みを返した。されるがままでは照れ臭いのだ。

「ちょっと聞いていいですか？」

沙羅は上目遣いでまじめな顔になった。

「なんなりと」

神谷は汗を拭きながら答える。

「ひょっとして、玲奈と付き合っていますか？」

沙羅は小首を傾げた。

「そっ、それはない、というか、ないと思うよ。彼女は、外出できるわけでもないし」

柄にもなく狼狽《うろた》えた。彼女は玲奈から神谷の頰にキスしたことを聞いたのかもしれない。二人にとっては、その行為がどれほどの意味を持つかは分からない。だが、それで付き合っていると疑われても困る。

「今日のビデオメッセージで、玲奈が神谷さんの部屋で打ち合わせをしたって楽しそうに話していたんです。多分、彼女が神谷さんの部屋に入ったのは、初めてのことじゃないですか？」

沙羅は神谷の胸に顔をつけんばかりに迫ってきた。彼女にとって玲奈が、神谷の部屋に入っただけで一大事のようだ。

「確かにそうだけど、彼女は有馬と名乗っている男の本名を暴き出したんだ。それが嬉しくて私にわざわざ報告してくれたみたいだよ。それとも、彼女から何か聞いたのかい？」

我ながら完璧な答えである。

「それだけですか？　玲奈がビデオメッセージで笑顔を見せることは珍しいんです。きっと、彼女は神谷さんのことが好きなんですよ」

沙羅は眉間に皺を寄せて神谷を見た。玲奈もそうだが、沙羅の心が読めない。

「嫌われるよりよっぽどいいと思うが、だからといって恋愛関係と思われたら、彼女に失礼じゃないかな。君たちから見れば、私はいいオジサンだからね」

四十代前半とはいえ、彼女とは十八歳も歳が離れている。

「何を言っているんですか。神谷さんは素敵な人です。玲奈が好きになっても当然なんですよ」

沙羅は両手で神谷の肩を摑んだ。怒られているのか、褒められているのか分からない。

だが、彼女は玲奈を守りたいのだろう。以前沙羅から、玲奈は双子で気の強い妹だと思っていると聞いたことがある。それを聞いたときには納得したものだ。

「君が言うほど、私は自分を評価していない。ただ、私は玲奈を傷つけるようなことはしないから安心して欲しい」

神谷は自嘲した。

「彼女を大事に思ってくれる気持ちはありがたいですけど、勘違いしていますよ。私は神谷さんなら玲奈とお似合いだと思っています」

「お似合い？」

神谷は顎を引いて目を見開いた。沙羅は神谷と玲奈に付き合って欲しいのだろうか？

物理的には自分と付き合うということになるのだが、別人格なので玲奈の友人として言っているのだろうか。彼女は常人と違うので判断に迷う。

「えっ、嫌だ。……私は、ただ、玲奈とのことが知りたくて」

沙羅ははっとした様子で、神谷の肩を摑んでいた手を離した。

「分かっているよ。心配なんだね。さっきも言っただろ。私は君たちを傷つけるようなことはしないよ」

神谷は優しく言った。

「ごめんなさい。他人が見る以上に、私たちは複雑なんです。まったくの別人格なのに、意識下では繋がっているらしいの。だから、玲奈の気持ちに私も引っ張られることがあるんです。もちろん逆の場合もありますが」

沙羅は俯《うつむ》いて一歩下がった。神谷が玲奈とどこまで進んでいるのか聞きたかったに違いない。

「玲奈の気持ちは大切にする。でも、彼女は本当に打ち合わせに来ただけだと思う。それに、沙羅さんに倣《なら》って一人で外に出られるようにしたいって言っていた。彼女はもっと自立したいんだな。そんな彼女を見守りたいと思っている」

神谷は自分に言い聞かせるように言った。

「私は……。いえ、いいんです。ありがとうございます」

沙羅は歯切れ悪く口を閉ざすと、頭を下げて部屋を出て行った。

「………………」

神谷は腕組みをして出入口のドアが閉まるのを見つめた。沙羅の質問に対して、ちゃんと答えられたのか不安である。亡くなった前の彼女にも言われたことがあるが、神谷は女心を分かっていない鈍感《どんかん》な男らしい。

「まあ、いいか」

神谷はタオルを首に掛けて苦笑した。

3・八月二十四日PM7：10

午後七時十分、911代理店。

自室を出た尾形は、足音を忍ばせるようにエレベーターホール前のセキュリティドアを通り抜けた。後ろを振り返って誰もいないことを確認すると、エントランスのドアを開けて外に出る。

「よし」

尾形は大きく息を吐き出すと、会社前の路地を北に向かって歩き出した。

「待ってください。尾形さん」

星野《ほしの》が追いかけてきた。神谷が負傷して帰ってきたため、星野が尾形の警護で911代理店に宿泊している。また、新たにASLOOK警備保障の警備員を交代で二名も常駐させることになった。木龍からの申し出だったらしいが、岡村はASLOOK警備保障と契約したらしい。

星野とASLOOK警備保障の警備員は、外山《とやま》の一〇五号室に詰めている。彼の自室は、〝セキュリティのご相談課〟として最新の警備システムの展示室も兼《か》ねていた。そのシステムで、911代理店の社屋の内外に設置されている十六台の監視カメラと赤外線センサーなどを制御している。外山はそのため、二階の空き部屋である二〇一号室に寝泊りしていた。星野は監視カメラの映像で、尾形を確認して慌てて追いかけて来たのだろう。

「コンビニにちょっと買い物に行くだけですよ。ずっと籠《こも》っているので、たまには一人で散歩がてらの買い物もいいでしょう？」

尾形はアロハシャツに綿パンと気楽な格好をしている。八月九日に起きたデパート爆弾事件から約二週間経っているが、その間一人で外出したことはない。監禁生活がこれほど長期化するとは思っていなかったようだ。先週からウェブ会議形式で講演や講習は再開しているので、仕事に支障はない。だが、いつも監視の目があり、刑務所の記憶を呼び起こすような生活にうんざりしていたらしい。

「分かりました。私もお供します」

星野は尾形の横に並んだ。

「すみませんが、ソーシャルディスタンスを取ってもらえませんか。カップルじゃあるまいし、開放感も味わえないでしょう」

尾形は肩を竦め、首を横に振った。会社の前の通りは狭い一方通行である。

ワンボックスカーが入ってきた。

「そうですね。一方通行で道も狭いですから」

苦笑した星野は二メートル後ろに下がった。車種にもよるが車に道を譲《ゆず》るには民家の壁に背中をつけるか、電柱の陰に身を寄せるしかない。

「むっ！」

振り返った星野は、右の掌を眼前にかざした。路地に入って来た白いワンボックスカーが、アッパーライトにしたのだ。しかも、スピードを出している。

車は星野の前で急ブレーキを掛けて止まった。後部ドアから男が飛び出し、星野にいきなり殴り掛かる。星野はパンチを咄嗟《とっさ》に避けたものの、男の前蹴りを鳩尾《みぞおち》にまともに喰らって民家の壁に叩きつけられた。

「ぐっ！」

星野は歯を食いしばり、拳を握ってガードを固めた。

だが、男は容赦《ようしゃ》無くガードの上から星野の顎に強烈なパンチを入れる。

「うっ」

膝を折った星野は、頭を民家の壁に打ち付けて倒れた。意識はまだある。ただ、体に力が入らないのだ。男はさらに星野の脇腹を蹴り上げた。

「ええっ！」

叫んだ尾形が、頭から黒い布袋を被せられて車に連れ込まれた。車は猛スピードで走り去って行く。あっという間の出来事である。

星野は薄れゆく意識の中でポケットから無線機を出し、アンテナ近くの赤い小さなボタンを押した。緊急呼び出しボタンである。仲間に緊急信号を一斉に発信し、警告音で知らせるのだ。位置信号までは送れないが、警告音に気が付いた仲間が星野のスマートフォンから発せられるGPS信号で位置を特定するだろう。

「星野さん！」

三十数秒後、ＡＳＬＯＯＫ警備保障の二人の警備員が、血相を変えて駆けつけて来た。

911代理店から全力で走って来たのだ。

「おっ、尾形さんが、拉致《らち》された。本部長と岡村さんに知らせてくれ」

意識を取り戻した星野は、声を振り絞って言った。本部長とは木龍のことである。

「はっ、はい！」

警備員の一人が、自分のスマートフォンで木龍に電話をかける。

「私の肩に摑まってください」

別の警備員が星野を担ぐように手を貸して立たせた。

「うっ！」

星野が脇腹を押さえた。最後に蹴られた一撃で、肋骨《ろっこつ》を何本か折ったらしい。

五分後、一階の応接室。時刻は午後七時二十分になっていた。

神谷と岡村、貝田と外山が対面のソファーに座り、負傷した星野が一人掛けのソファーに座っている。緊急会議が開かれたのだ。

「ご説明しろ」

星野の傍に立っている木龍が、最初に言葉を発した。木龍は連絡を受けて一分ほど前に駆けつけてきたのだが、ソファーに座るのは窮屈《きゅうくつ》だと言って立っている。彼なりに気を遣っているようだ。星野も立っていると言ったのだが、自分一人では立っていられない状態だったので、木龍がソファーに座らせた。肋骨を折っているようだ。

「皆様、私の不手際《ふてぎわ》で尾形さんが拉致されたことを改めて謝罪いたします。本当に申し訳ございませんでした」

星野がソファーの横で土下座した。

「星野くん、不可抗力だよ。尾形くんが、勝手に抜け出したのが悪い。説明は後でもいいから医者に行ってはどうかな？　とりあえず、座ってくれ」

岡村はちらりと木龍を見て言った。だが、木龍は渋い表情で首を横に振る。尾形が拉致された全責任は、星野にあると言いたいのだろう。

「このままで、報告いたします。尾形さんは散歩がてらコンビニに買い物に行くと言われました。私が尾形さんの後方で護衛していたのですが、突然現れた白いワンボックスカーに……」

星野は正座した姿勢で、尾形が拉致された状況を頰を引き攣らせながらも説明した。激痛に必死に耐えているのだろう。

「私から補足させてください。星野は実戦空手三段、合気道二段、そのほかにうちの傘下《さんか》のボクシングジムでトレーニングを積んでいます。その彼をいとも簡単に叩きのめした犯人は、相当な腕前と思われます」

木龍は星野の報告が終わると、説明を加えた。彼の落ち度は認めながらも庇っている。

部下思いの男である。

「尾形は特に武道経験者じゃないので、簡単に拉致できたとしても星野くんを倒すことができるのなら、プロの犯行ということだな」

岡村は大きく頷いた。

「私も同感です」

木龍は小さく頷いた。

「外山くん、犯人の車について報告してくれ」

岡村は対面に座っている外山を促した。

「監視カメラの映像を確認したところ、車は二〇一八年型、白の日産のミニバン・バネットです。ナンバープレートは泥で汚れていたために撮影出来ませんでした」

外山は小さな声で答えた。肝心のナンバーが分からないのでは役に立たないと思っているのだろう。

「手掛かりなしか。神谷くん、何か意見があるかね？」

岡村は隣りに座っている神谷に顔を向けた。

「事件から二週間経ち、たまたま外出した尾形さんが拉致されたというのなら、犯人にとってあまりにも都合が良すぎますよね。私は、偶然は信じません」

神谷は苦笑いした。

「私もそう思う。犯人が尾形を拉致できるようにするには、どうすべきか？」

岡村はクイズのように尋ねてきた。

「星野くんの話を聞いたところ、尾形さんはさほど抵抗しなかったらしい。犯人側、というか悠太《ゆうた》から何らかの方法で尾形さんに接触してきたのでしょう。尾形さんは、犯人の指示に従った可能性が高いですね。それと、会社が監視下にあるとも考えられます。とはいえ、会社の前は路地裏のような狭い道路ですので、張り込みは不可能です。近隣のビルか家に監視カメラが設置してあるかもしれませんね」

神谷は淀みなく答えた。

「いい読みだ」

岡村は何度も頷いた。彼も分かっていたのだろう。

「それでは、私の部下に近所を調べさせます」

木龍がさっそく自分のスマートフォンを出した。

「私は明日から、復帰できますよ」

神谷は表情も変えずに言った。明日は抜糸である。医者にお墨付《すみつ》きももらえるだろう。

「いいだろう。頼んだ」

岡村は神谷の肩を叩いた。

4・八月二十四日PM7：35

午後七時三十五分、神谷は三〇五号室のドアをノックした。

打ち合わせでは結局有力な情報は得られなかった。そのため、外山は警察に通報すべきだと提案した。だが、車のナンバーも分からない現状で、警察が動けないことは岡村が一番よく分かっている。

とりあえず、捜査協力をしている畑中《はたなか》には知らせたが、911代理店との関係を警察内部で広めることができないので、彼としては静観する他ないのだ。

「どうぞ」

玲奈がドアを開けた。

「お邪魔します」

神谷は神妙な顔で部屋に入った。岡村から尾形が拉致されたことと現状を玲奈に教えて協力を仰《あお》ぐように言われたのだ。だが、今朝、沙羅から玲奈のことで「付き合っているのか?」という妙な質問をされたので、いささか緊張している。

「尾形さんの件ね。座って」

玲奈は冷めた表情である。

「んっ、どうして知っているんだ?」

思わず神谷の声のトーンが上がった。

「会社のセキュリティシステムを構築したのは外山だけど、私の監視下でもあるの」

玲奈はプライベートゾーンの冷蔵庫から缶コーヒーを出すと、神谷に投げ渡した。

「監視下?」

缶コーヒーを受け取った神谷は、首を捻った。缶コーヒーは、好きなブラックコーヒーである。彼女の前で缶コーヒーを飲んだことはない。おそらく、沙羅から聞いたのだろう。こんなことまで沙羅と玲奈は話をしているのかと思うと、少々驚きである。

「外山は大手のセキュリティ会社と契約して、その代理店としても働いている。だけど、それだけじゃなく、コンサルタントとしても働いているの。知ってのとおり、彼はプロの窃盗犯としての経験と知識でアドバイスしている。でもそれだけじゃなく、私がクライアントのセキュリティシステムをハッキングして、脆弱性《ぜいじゃくせい》を調べるの。それを外山がレポート形式で提出するというわけ。だから、私のパソコンからこの会社のセキュリティシステムがいつでも見られるの」

玲奈は炭酸飲料を飲みながら、パソコンのキーボードを叩いた。すると、パソコンの六台のモニターに会社内外の十六台の監視カメラの映像が映し出された。彼女は、ゲームのプログラムだけでなく、９１１代理店に直接関わる仕事もしていたらしい。

「なるほど。確かに監視下にあるのと同じだ」

神谷は缶コーヒーを手にモニターを見つめた。

「犯人の車のナンバープレートは判別できないように汚されていた。プロの仕業《しわざ》ね。たまたまかもしれないけど、襲撃場所も計算に入れていた可能性もある。ナンバー１６の映像を見て。これは社屋の屋上に設置してある監視カメラだけど、襲撃場所はフレームアウトしている」

玲奈は右のサブモニターの映像を指差した。会社の外を映すため左右に一台ずつ監視カメラは設置してあるが、通りが狭いので撮影範囲も狭いのだ。

「襲撃場所まで計算しているのなら、プロ中のプロだな。腕の立つ星野君をあっさりと倒し、尾形さんの頭に袋を被せて拉致した手口からしても素人じゃない。星野君の話じゃ、彼を襲った男の他に尾形さんを車に乗せた男を見たそうだ。運転手は別にいたらしいから少なくとも三人が車に乗っていたことになる。窃盗団で未逮捕は三人、人数も合う」

神谷も監視モニターを見て言った。

「彼らは、簡単にはミスはしないわね。面が割れた田伏直樹も監視カメラがあるところには顔を見せていないわ。帽子やサングラスを掛けるなどして顔認証を免れているかもしれない。今は誰でもマスクしているでしょう。それだけでも顔認証が難しくなっているから、少しでも変装されたら見つけるのは不可能ね」

玲奈は溜息を吐いた。珍しく弱気な態度である。

「車も顔認証じゃないけど、ナンバープレート以外の追跡方法はないのかな?」

神谷は自問するように言った。

「車種認証? 意味がないわね。同じ車種は都内だけで沢山ありすぎるから。……待てよ。出来るかもしれない」

玲奈は椅子に座り、猛烈な勢いでキーボードを叩き始めた。

「ナンバープレートが認識出来なくても特定できるのか?」

神谷は半信半疑で尋ねた。そんなことが出来るのなら、警察は困らない。

「静かにして！」

玲奈は右手の人差し指を突きつけて言った。彼女は仕事中に他人に話しかけられることを嫌う。特に背中越しに話しかけることは、ＮＧということを思い出した。

「すっ、すまない」

神谷は思わず肩を竦めた。

「これよ。これ」

五分ほどして玲奈は叫んだ。

「未確認のナンバープレートの車が北新宿三丁目の交差点近くで検知されている。いいぞ、いいぞ」

話しかけているのではなく、玲奈の独り言のようだ。

「えっ、山手通りとの交差点手前で消えた。路地裏にでも入ったのかしら」

玲奈のキーボードを叩く手が止まった。

「悪いけど説明してくれないかな」

神谷は慎重に声を掛けた。

「〝Ｎシステム〟をハッキングしたの。通常はナンバーを読み取るのだけど、犯行時刻に合わせて読み取れないナンバープレートの警告を逆に追ったわけ。犯人の車は大久保《おおくぼ》通りを東に進んでいたはずだけど、北新宿三丁目の交差点近くで確認されたのを最後に消えてしまった。考えられることは〝Nシステム〟がない大通りから路地裏に消えたか、途中で泥を落としたかのどちらかね。いいアイデアだと思ったんだけど、〝Nシステム〟はすべての道をカバーしているわけじゃないから駄目ね」

　玲奈は早口で説明すると席を立ち、神谷の向かいのソファーに座った。

　〝Nシステム〟とは、警察が車両の監視をするために幹線道路に設置した〝自動車ナンバー自動読取装置〟のことである。監視システムで記録された車のナンバーは、自動的に管轄する警察機関のサーバーに蓄積される。手配するナンバーを装置に入力すれば、即座に位置情報を掴むことや、その軌跡を記録することもできるのだ。玲奈はこのシステムをハッキングしたらしい。

「泥付きのナンバープレートは、警察官に見つかれば怪しまれるから途中で落としたのだろう。だが、大久保通りは狭い割に車の通りは多い。こんなところで泥を落としていたら怪しまれるだろうな。だからと言って脇道は狭いが……」

　神谷は自分のスマートフォンを出し、地図アプリで周辺を調べた。北新宿の交差点から先で路地に入っても狭い一方通行の道が多い。神谷ならそんな脇道に逸《そ》れるより、一刻も早く拉致現場から逃走する。犯人は、〝Nシステム〟を使ってまで追跡されるとは想像すらしていないはずだ。

「もし、大久保通りでそんなことしたら後続車の車載カメラにはばっちり映りそうね」

　玲奈はつまらなそうな顔で炭酸飲料を飲んでいる。

「待てよ、山手通りの交差点との間に大手スーパーがある。ここなら人目につかない。駐車場で泥を落としてまた大久保通りに出たんじゃないかな」

神谷は自分のスマートフォンの地図アプリを玲奈に見せた。ある程度拉致現場から離れたら、すぐにナンバープレートを綺麗にしたいはずだ。

「待っていて」

玲奈はパソコンに向かって、再びキーボードを高速で叩き始めた。彼女のことだから、スーパーの駐車場の監視カメラをハッキングしているのだろう。

「入った。午後七時十五分から見るわね」

玲奈が声を上げると、パソコンのモニターにいくつもの監視映像が映し出される。そのうちの四つがスーパーの店内で、二つは駐車場の映像であった。

「見つけた！」

玲奈が珍しく甲高い声を上げる。

白の日産・バネットが駐車場に停まると、スキンヘッドの男が周囲を気にしながら後部座席から降りてきた。

「田伏だ。間違いない」

神谷は立ち上がりモニターに近付いて拳を握りしめた。画質は粗《あら》いが、田伏らしき男が、ナンバープレートの泥を布で拭き取っている。

「ここからよ」

玲奈は映像を拡大した。

泥を落としたナンバープレートが大きく映り込むが、画質が悪く判別できない。玲奈はさらに映像加工ソフトを使用し、ナンバーが読み取れるほど画像をクリアにした。

「品川　ゆ〇〇－××ね。この番号を〝Nシステム〟に入力すれば、出来上がり」

玲奈はキーボードから離した両手を上げて背筋を伸ばした。

十数秒後、電子音と共に中央のモニターに〝match！〟と表示される。

「見つけた！　犯人の車は中央道の高井戸インターチェンジを二分前に通り過ぎたところよ。その先の〝Nシステム〟に引っかかっていないのは、事故渋滞で動けないからよ」

玲奈が振り返って神谷に右手の親指を立てて見せた。

「助かった！」

神谷は立ち上がると出入口に向かう。

「まさか、今から追いかけるつもり？」

「事故で足止めされているのなら追いつけるかもしれない。サポート、よろしく」

神谷は部屋を急いで飛び出した。

5・八月二十四日PM7：50

午後七時五十分、神谷はラングラーのハンドルを握り、甲州街道を走っていた。

中央自動車道の調布《ちょうふ》インターチェンジ付近で起きた三台の玉突き事故により道路が塞が

れ、下りは通行止めになっている。そのため首都高速4号線まで渋滞しているおり、ひたすら一般道を走っているのだ。

尾形が乗せられた車は、この事故が起きる直前に高井戸インターチェンジを通り過ぎていた。次の出口は調布出口なのでまだ中央道からは出られないでいることになる。

ラングラーのすぐ後ろには〝こころ探偵事務所〟の香川《かがわ》と筑紫《つくし》が乗るカローラ・ツーリングが走っていた。無線機で常にコミュニケーションが取れるようにしている。遅れてASLOOK警備保障の車も後を追っているそうだ。

三十分後、神谷は甲州街道の富士見町一丁目交差点を過ぎて車を停めた。カローラ・ツーリングはラングラーを追い越して次の上石原《かみいしわら》交差点手前に停まる。数分遅れて、ASLOOK警備保障のトヨタのアクアが、ラングラーの後ろについた。

——こちら中森《なかもり》、神谷さん、お待たせしました。

ASLOOK警備保障の課長である中森から無線連絡が入った。

「こちら神谷、ご苦労さん」

神谷はバックミラーを見て答えた。中森は後ろに付けられたアクアに乗っているのだ。

ラングラーが停められた場所は、中央道の調布インター入口の手前で、カローラ・ツーリングが停車しているのは、調布インター出口の前方である。

中央道の調布インターチェンジ手前で起きた事故車両が撤去《てっきょ》され、交通が再開された場合に備えている。尾形が乗せられた日産・バネットが、そのまま中央自動車道を直進した場合は、ラングラーとアクアが中央自動車道に入って追跡する。また、バネットが調布インター出口から出た場合は、カローラ・ツーリングが尾行し、残りの二台がサポートするのだ。

問題はこの近辺の〝Nシステム〟は、調布インター出入口近くだけということだ。直進した場合、相当先まで検知できない。どこか次の〝Nシステム〟に引っ掛かったとしても追跡不能になる可能性が高い。

中森がアクアの助手席から降りてきた。何か話があるのだろう。

神谷も車から出た。

「会社にある警備用の道具を一式装備した車に乗り換えていたために遅くなりました。これからドローンを飛ばして、尾形さんの乗ったバネットの位置を特定します。警察無線によれば、現場検証も終わったので事故車が間も無く撤去されるそうです。開通までは三、四十分というところでしょう」

中森は単に報告にやってきただけらしい。アクアからは彼の部下が車を降りて、ドローンを飛ばす作業をしているようだ。大手の警備会社は、ドローンやロボットを警備に役立てている。ＡＳＬＯＯＫ警備保障も最新の装備を持っているようだ。

「それは、頼もしい」

神谷は笑ったが、内心は苦笑である。市街地で許可なくドローンを飛ばすことも、警察無線を盗み聞きするのも違法だからだ。さすがというか、心龍会傘下の警備会社だけに法律を破ることは気にしていないらしい。だからと言って咎《とが》めるつもりはない。正しく使われればいいのだ。

中森の部下がドローンを飛ばした。プロペラも入れて全長一メートル前後ある本格的な物だ。

神谷は思わず周囲を見回した。住民に見られたら通報される心配がある。だが、彼らは平気な様子だった。堂々としているだけに怪しまれないのかもしれない。

——あれは、プロユースの産業用ドローンで、国土交通省認定資格が要ります。ちなみに私も資格を持っていますが。

貝田が無線を通じて教えてくれた。ドローンに詳しいことを自慢したかったのだろう。

「面白い」

神谷はドローンを操縦している男の傍に立ち、コントローラーのモニターを見た。

「操作しているのは、認定資格を持つ猿渡《さるわたり》です。このドローンは四十五分間飛行可能です。赤外線カメラも装着してあります。最大速度は九十二キロ、産業用ドローンの中でもハイスペックです」

中森が淡々と説明してくれた。外見はサラリーマン風で、危ない感じはしない。木龍の話では、十五年前まではヒットマンだったが、頭がいい男なので民間の警備会社で三年間修業させたそうだ。十年前に、木龍と一緒にＡＳＬＯＯＫ警備保障を立ち上げた。人材は腕に自信のある組の若い者を集めたが粗暴な者が多く、最初は苦労したそうだ。現在は一般募集もしていると聞いている。

中森の肩書きは課長だが現場の最高責任者だという。木龍も含めた会社の重役は、心龍会の幹部が名を連ねているに過ぎないらしい。

「高度を上げます」

操縦している猿渡が神谷を意識してか、声を出した。コントローラーのモニターに事故現場が映し出される。パトカーが二台停まっており、数名の警察官の姿もあった。彼らに気付かれないように高度を上げたのだろう。

ドローンは徐々に速度と高度を落とし、事故現場から西に進んでいく。ナンバープレートが確認できるようにしているのだろう。猿渡はドローンを数メートル飛ばしては、ホバリングさせてワンボックスカーを見つけてはナンバープレートを映し出している。なかなかの技術である。

二十分経過し、午後九時三分になった。

ドローンの飛行時間が四十五分ならそろそろ引き返さないといけないはずだ。

「品川　ゆ○○－××！　白のバネットを発見しました！」

猿渡が声を上げた。

「尾形さんは乗っているか？」

中森が猿渡の背中越しに尋ねた。

「後部座席はフィルムが貼ってあるため、確認できません」

猿渡はドローンをバネットの周囲を旋回《せんかい》させて首を横に振った。

「バネットの正確な場所を教えてくれ」

神谷はドローンのモニターを覗きこみながら尋ねた。

「池《いけ》の上《うえ》橋から東に九十メートルです。ドローンを撤収しますが、よろしいですね」

答えた猿渡は神谷の顔を見た。

「ありがとう。事故現場上空を通って戻れるなら現状を確認してくれ」

神谷は自分のスマートフォンの地図アプリで位置を確認しながら答えた。中森は、神谷の指示に頷き、猿渡の肩を叩いた。勝手に指示を出してしまったが、オーケーらしい。

バネットから事故現場までは約一・八キロ、調布インター出口を抜けて甲州街道までは約二・四キロあった。開通してからすぐには速度を上げられないため、四十キロで走行して調布出口に向かったとして、四分ほどでバネットは甲州街道に出てくる計算になる。出口が渋滞したとしても五、六分で出て来るだろう。

「最後の事故車がキャリアカーに載せられています」

猿渡が報告してきた。

「あとは警察無線で確認します。車にお戻りください」

中森が右手を前に出した。直接指示を出す神谷が面倒なのかもしれないが、怪我人ということで気を使っているのだろう。

「了解」

頷いた神谷は、ラングラーの運転席に戻った。

——通行止めが解除されました。

数分後、中森から無線連絡が入る。もう少し時間が掛かると思っていたが、意外に早かった。中央道は幹線道路なので警察も手際良く処理をしたのだろう。

「了解！　香川、四分後だ。見張りを頼んだぞ」

神谷は答えると、ラングラーのエンジンをかけ、腕時計を見た。午後九時十六分になっている。うまくいけば、尾形の乗せられたバネットは四分後に発見できるはずだ。

午後九時二十分。

——こちら香川、まだ、バネットは確認出来ません。

香川が早口で報告する。焦っているようだ。

「大丈夫だ。落ち着け」

神谷は腕時計を見ながら言った。出口が渋滞しているのかもしれない。だが、バネットが出口ではなく直進していたら事故現場から約六百メートル先を進み、神谷らとはその倍の一・二キロの差が開いていることになる。これ以上の差が開けば、尾行する上で致命的になるだろう。

「神谷さん」

助手席の貝田が心配げに言った。

「分かっている。こちら神谷、先にインターに入る。中森さん、そのまま待機してくれ」

他の車に連絡すると、発進してインター入口に進入した。導入路は左に大きくカーブして二百七十度回転し、インターチェンジの料金所に入るのだ。

――バネット、発見！　出口から出てきました。

香川の声だ。

「何！」

神谷は咄嗟に右にハンドルを切って、車両進入禁止エリアに突っ込む。インターの出入口を繋ぐ管理会社専用のエリアで、神谷は突っ切ってインターの出口に無理やり割り込んだ。後ろの車に派手にクラクションを鳴らされる。

「しっ、死ぬかと思いましたよ」

貝田が騒いでいる。

「大袈裟なやつだ」

苦笑した神谷は、上石原交差点の黄色信号を渡った。なんとか香川と筑紫が乗るカローラ・ツーリングに追いつく。その二台前がバネットである。

「ターゲットを捕捉したな」

神谷は短く息を吐き出した。

6・八月二十四日ＰＭ９：２５

午後九時二十五分。

尾形を乗せたバネットは、白糸台《しらいとだい》一丁目北交差点を右折して浅間山《せんげんやま》通りに入った。バネットの三十メートル後方を、香川が運転するカローラ・ツーリングが尾行している。その十メートル後方を神谷が運転するラングラー、すぐ後ろがＡＳＬＯＯＫ警備保障のアクアが追っていた。運転しているのは猿渡である。

「嫌な予感がしますね。このまままっすぐ進むと多磨《たま》霊園ですよ。霊園の中にアジトがあったらどうします。僕は、幽霊は信じていませんが、悪霊は存在すると思います」

助手席の貝田が、訳の分からないことを真面目な顔で言っている。この男と一緒にいるとあきることはない。

「おそらく、墓石の下にある入口から地下室に入るんだろうな。周囲はいつだって静かだ。それに悪霊が守ってくれるだろう。隠れ家にふさわしいじゃないか」

神谷はわざと低い声で言った。

「止めてくださいよ。気持ちが悪い。アジトが墓地の中にあったらどうするんですか？」

貝田の声が高くなった。本当に怖がっているらしい。

だが、バネットは若松町四丁目《わかまつちょう》北交差点で左折した。

「よかった。曲がりましたね。このまま西に進むと、美術館通りになります。だけど、このあたりに来るのなら稲城《いなぎ》インターチェンジで下りても同じなのに」

貝田は首を捻っている。

「中央道は調布インターチェンジから甲州街道を離れて南に向かう。目的地が甲州街道の北にあるのなら、調布で下りてもロスはない。ということは、目的地は意外と近いかもしれないな」

神谷は答えたものの渋い表情になった。貝田ではないが嫌な予感がするのだ。今走っている道は府中市美術館がある府中の森公園と平和の森公園の間を抜け、やがて府中街道に突き当たる。その途中に神谷が入院していた病院があり、交差点には府中刑務所があるのだ。嫌な予感というより、嫌な記憶のせいで気分が悪いのだろう。

「猿渡。ライトを消してくれ」

神谷は後続の猿渡に無線で指示すると、ラングラーのライトも消した。夜間で交通量も少ない道である。バネットの運転手がバックミラーで三台の車のヘッドライトを見たら怪しまれるからだ。入社以来、岡村から捜査官としての訓練を何度も受けている。徒歩だけでなく、車での尾行も慣れてきた。先行する香川もバネットとの距離をさらに開けた。さすがと言うべきだろう。

「あれっ。このまま進むと神谷さんが入院していた病院があります。その先は僕らが服役していた府中刑務所ですよ」

貝田がなぜか喜んでいる。僕らとは神谷も服役していたと言いたいのだろう。

「馬鹿野郎。何が僕らだ。俺はおまえと違うぞ」

神谷はふんと鼻息を漏らした。この辺りは意外と住宅が多い。ひょっとしたら民家を隠れ家に使っているのかもしれない。

――香川です。バネットが停車しました。怪しまれるので追い越します。

香川のカローラ・ツーリングが、バネットを追い越して行く。

ラングラーとアクアはバネットから五十メートル以上離れており、街灯の下を避けて停め、ライトも消灯しているので犯人には気付かれていないはずだ。

「こんな寂《さび》しいところで停まって、尾行に気付かれたんですかね」

貝田は、シートの下に潜《もぐ》り込むように頭を低くした。バネットから見られないようにと思ったのだろう。

北府中駅交差点で停止していたカローラ・ツーリングが、青信号で左折した。すぐ次の交差点で左折して戻って来るはずだ。

バネットが動いた。やはり、後ろに付いていたカローラ・ツーリングを警戒していたらしい。

「なっ！」

神谷は両眼を見開いた。

「えっ！」

同時に貝田も声を上げる。

バネットは右に曲がり、府中刑務所の南通用門から入って行ったのだ。

神谷は車から飛び出し、通用門に向かって早足で歩く。さすがにまだ走る勇気はない。門から内部を覗き込むつもりだ。

「むっ！」

神谷は歩くスピードを落とすと、立ち止まってUターンした。通用門近くの電柱に全方位型監視カメラがあったのだ。

「くそっ！」

運転席に戻った神谷は、ハンドルを叩いた。

独房

1・八月二十四日PM10：15

午後十時十五分。府中市栄町《さかえちょう》。

神谷《かみや》は、府中刑務所から程近い東八《とうはち》道路沿いのホテル〝ホテル・ラムーズ北府中〟の一室にいた。

二つ星のホテルで宿泊料金は安いが、シティーホテルというコンセプトで内装は充実している。十八平米とビジネスホテルにはない広さにダブルベッドが二つ設置してあるが、それでもゆとりがあった。

ドアがノックされた。

神谷がドアを開けると、畑中《はたなか》が仏頂面で立っている。尾形《おがた》を拉致したバネットが、府中刑務所に入ったことを連絡して呼び寄せた。

一緒に尾行していた〝こころ探偵事務所〟とASLOOK警備保障の面々は、刑務所の監視カメラを避けて、近所のアパートの駐車場と少し離れた場所から張り込みをしている。当分は動きがなさそうだが、念のため配置してあるのだ。

現場の指揮は中森《なかもり》に任せて、神谷らは捜査本部とするべくホテルにチェックインしたのだ。貝田《かいだ》は別室で仮眠を取っている。張り込みは体力勝負のため、交代要員として先に休むように言ったのだ。

「夜中に呼び出してすまなかった」

小さく首を縦に振った神谷は、窓際の椅子を勧めた。

「尾形を拉致した車が、府中刑務所に入ったと聞いたが、本当か？」

椅子に座るなり、畑中は尋ねてきた。

「このムービーを見てくれ」

神谷はタブレットＰＣを渡した。

「駐車場の防犯カメラか。ナンバーを偽装していたらしいが、このバネットが拉致犯の車という確証はあるのか？」

畑中は顎の無精髭《ぶしょうひげ》をさすりながら言った。ムービーは、玲奈《れいな》がハッキングしたスーパーマーケットの駐車場の防犯カメラの映像である。

「ナンバープレートの泥を拭き取っていたのは、例の窃盗団の田伏直樹《たぶせなおき》だ」

神谷はムービーを巻き戻し、田伏の顔が映っているシーンで停止させた。

「本当か！　……しかし、なあ。９１１代理店の捜査能力が優れていることは分かっているが、得られた情報は裁判じゃ使えないからな」

畑中は、髪の毛を右手で掻き毟《むし》った。彼には得られた情報はなるべく共有するようにしている。その際、玲奈のことは伏せ、ハッカーに外注していると伝えてあった。彼女を守るためである。だが、違法なハッキングで得られた情報は裁判では使用できない。まして警察としては違法な情報を基に捜査はできないのだ。

「分かっている。だからこそ、確証が得られるまで、こちらで捜査するつもりだ。犯人を逮捕して自白させればいいんだ。それに裁判に堪えられる証拠も集める。とりあえず、次のムービーも見てくれ」

神谷はタブレットPCを操作した。ラングラーの車載カメラの映像で、バネットが府中刑務所に入って行く様子が撮られている。この映像も一旦玲奈に送り、画像を鮮明にする作業をしてもらった。

「ナンバーは同じだ。さっきのバネットに間違いないようだが、いったい、どういうことなんだ？」

畑中は腕組みをして首を捻った。

「刑務所の職員に仲間がいるか、あるいは職員自身が窃盗犯という可能性がある。南通用門から入場できるエリアにあるのは、職員宿舎や事務局などだ」

神谷はタブレットPCに地図アプリを立ち上げ、府中刑務所の人工衛星の写真にした。

「刑務所の職員に窃盗団の仲間がいるかもしれないとして、拉致した尾形をどこに拘束《こうそく》しておくんだ？」

畑中は頰を掻きながら首を横に振った。職員宿舎に尾形を監禁するのは不可能だと思っているはずだ。宿舎と言っても、構造は民間のアパートと変わらない。隣り近所に住む刑務所職員に怪しまれると言いたいのだろう。

「刑務所敷地は、南側の三分の一が職員宿舎などのエリアで、北側の三分の二が受刑者の監房や訓練施設や工場があるエリアだ。南北のエリアは刑務所の外と同じ高い壁で仕切られている」

「だよな。受刑者が職員宿舎に簡単に侵入できたら大変だ。その逆も同じはずだ。尾形を監房に監禁するというのは、不可能だな」

畑中は神谷の説明に割り込んできた。

「そうとも言えない。北と南の境界に、刑務所の庁舎がある。職員は庁舎から監房がある北のエリアに入れるんだ。夜間に職員のＩＤを使って庁舎のセキュリティを通過し、監房棟に侵入できるだろう。そこで独房に入れてしまえば、あとは受刑者と同じ扱いをすればいいだけだ」

神谷は落ち着いて説明した。

「だが、受刑者が勝手に増えたら、他の刑務官が怪しむだろう」

畑中は肩を竦めた。

「書類はコンピュータで管理されている。ちょっとしたＩＴ技術を持った者ならハッカーでなくても書類は偽造できるらしい。拉致した人間を受刑者に偽装して監房に閉じ込める。これほど合理的な監禁方法はないだろう。尾形は独房に入れられたはずだ。運動や訓練も禁止になり、外部との接触も出来なくなるからな」

神谷はタブレットPC上の地図に示された府中刑務所を指先で叩いた。

「もし、それが本当なら恐ろしい話だ。だが、独房に入れられた尾形をどうやって探すんだ？　府中刑務所は広いぞ。そもそも確固たる証拠がなければ、管轄《かんかつ》する法務省は取り合ってくれない」

畑中は険しい表情で尋ねた。

「今、優秀な協力者が、受刑者の身元を確認している。たぶん、監禁先は分かるだろう」

優秀な協力者とは、もちろん玲奈のことである。

「ふっ。まったく、呆れた話だ。俺たちは様々な制約の中で捜査をする。それは法の執行官だからだ。だが、人権団体のせいで犯罪者の方が立場は上ということすらある。別に人権を無視していいとは思っていない。ただ、くだらない制約で俺たちの捜査が陳腐な物になることがあるのも事実だ。不謹慎《ふきんしん》だが、おまえの捜査を羨《うらや》ましく思う時があるよ」

畑中は大きな溜息を吐いた。

「少々、回りくどくなったが、おまえをわざわざ呼び出したのは、現状を知って欲しいだけじゃないんだ。手を貸してくれ」

頷いた神谷は畑中からタブレットPCを取り上げて言った。

「そうくるだろうと思ったよ」

畑中は開き直ったように答えた。神谷というか９１１代理店の違法とも言える捜査に協力することは、現役の警察官である畑中にとってかなりリスクが高い。それを覚悟したということだろう。

「もういちど、検察と警察の力を借りたい」

神谷は意味ありげに言った。

「まさか、また受刑者に紛《まぎ》れて潜入捜査をするのか？」

「それは勘弁だな。だが、迷惑を承知で手を貸してくれ」

神谷は真剣な表情で答えた。

2・八月二十四日PM11：15

午後十一時十五分。

一台の覆面パトカーが、府中刑務所の南通用門の前に停まった。

敷地内に立っていた職員が、門を開ける。

「今晩は。警視庁捜査一課の畑中です」

運転席のウィンドウを開けた畑中が、職員に名乗った。

「ご苦労様です。このまままっすぐ進み、突き当たりを斜め右前方にあるゲートにお進みください。……こちら南門、お客様がいらっしゃいました」

職員は軽く頭を下げると、無線機を使った。刑務所を南北に仕切る壁の中央に庁舎がある。庁舎の前面に一・五メートルほどの高さの柵が設けられ、職員宿舎があるエリアと仕切られていた。柵には二つの門がある。庁舎前の柵は、時間外に職員の出入りを規制するためのものだろう。少なくとも受刑者の脱走防止のためではない。

覆面パトカーは職員宿舎の横を通り抜け、突き当たりを柵に沿って右に曲がった。柵の門はすでに開いている。庁舎の前はロータリーのようになっているが、畑中はあえて正面玄関の前を避けて手前に車を停めた。

「さて、ここまでは問題なく来られたな」

畑中はむっつりとした表情で言った。

「そのようだ」

助手席に座っていたスーツ姿の神谷は、車を下りた。スーツは外山《とやま》が会社から持ってきてくれた。彼は尾形の救出に参加したいと出番を待っていたようだ。

背の高い刑務官が正面玄関のガラスドアを開けた。

「ご苦労様です」

神谷と畑中は、庁舎に入った。

「私がご案内します」

二人に頭を下げた刑務官が、先に立って歩き出した。

「よろしくお願いします」

畑中は丁寧に頭を下げる。

刑務官はエレベーターで五階まで上がって廊下を進み、所長室という金属プレートが貼り付けられているドアをノックした。畑中は信頼できる検察官に頼んで、府中刑務所長である松永忠夫《まつながただお》に緊急の用件で面会できるように調整してもらったのだ。

「所長、お客様をお連れしました」

刑務官はドアを開けると、神谷と畑中に目礼した。

「失礼します」

頭を下げて部屋に入った神谷と畑中は、ドア口に立った。

十五平米ほどとこぢんまりとしたスペースに、法律関係の書籍がぎっしりと収められた本棚と飾りっ気のない事務机、それに合皮のソファーとガラステーブルが置かれていた。敷地面積二十六万二千五十八平方メートル、収容定員約二千八百四十人という日本最大の刑務所の所長という割には質素である。

「警視庁捜査一課三係、畑中一平《いっぺい》です。ご迷惑を承知で、夜分お伺いしました。時間を作っていただき、誠にありがとうございます」

畑中は深々と頭を下げたが、事務机の椅子に座っている松永は神谷の顔をじっと見つめている。坊主頭だけに気になるのだろうか。

「思い出した。君は当施設に収容されていた神谷さんじゃないのか？」

松永は畑中を無視して話しかけてきた。

「神谷隼人《はやと》と申します。その節は、お世話になりました」

神谷は神妙な顔で頭を下げた。

「受刑者に重傷を負わされて入院したかと思ったら、誤認逮捕で釈放の手続きをしました。容体も心配だったのですが、異例というより、ありえない手続きだったので気になっていました。ご説明願いましょうか」

松永は立ち上がると神谷らにソファーを勧めた。

「これからお話しすることは、極秘で行われている捜査上の問題がありまして何卒《なにとぞ》オフレコでお願いします」

畑中はもう一度頭を下げた。

「畑中さん、あなたが大変優秀という評判は聞いております。ですが、お話はまずは伺ってからです」

松永は強張った表情で、神谷らと対面にあるソファーに腰を下ろした。かなり警戒しているようだ。畑中は昨年の国立競技場爆弾テロ事件を阻止《そし》したことになっているので、法の執行機関の人間なら知らない者はまずいないだろう。

「神谷は、私の同期で元警察官です。ある事件を追って監房に入りました。ご存知のように我が国では刑事事件の潜入捜査は禁じられています。関係者は処罰覚悟で私も含めてごく少数の警察官と検察官だけです。改めて松永所長にお話しするのは、ご迷惑をお掛けしたことをお詫びするとともに協力をお願いしたいからです」

畑中は松永の目を見つめて説明した。

「私を信頼してもらうのはありがたいのですが、違法捜査の片棒を担げと言われても困ります。正直言って、再審も行われずに誤認逮捕で釈放されるはずがないと思っていましたので」

松永は腕を組んで天井を仰いだ。彼の経歴や人間関係など、畑中は内外のパイプを使って調べ上げた。また、玲奈も松永の個人資産を調べ上げ、不正がないかチェックしている。それぞれの調査で松永は生真面目《きまじめ》で正義感が強く、職務に忠実な男だと判断したのだ。だが、それだけに神谷らの捜査手法を嫌う可能性もあった。

「私の会社の上司で警視庁捜査一課を退職した人物が、長年自由民権党に関係する犯罪集団を追っています。私は昨年から彼の捜査に加わりました。これまでの捜査によってその犯罪集団に政治家や警察関係者も関わっていることが判明し、警視庁では組織的な捜査ができないのです」

神谷は真剣な表情で説明した。

「昨年の国立競技場の爆弾テロ事件は、その犯罪集団が起こしました。しかも阻止したのは私ではなく、本当は神谷です。彼が命がけで犯人らと闘って、何人もの警察官の命を救ったのです」

畑中は神谷の話に補足した。

「驚いた。銃撃戦で犯人を射殺したのは、君ではなかったのか？」

松永は両眼を見開き、仰《の》け反《ぞ》った。

「我々が追っているのは、先日の新宿のデパート爆弾事件の犯人です。その情報を得るため、私は監房に入ったのです」

神谷が話を続けた。

「昨年の事件と繋がっていると考えているんだね。なるほど、大変な捜査だとは思う。ただ、だからと言って違法な捜査をよしとは思えません。私は法の下僕《げぼく》です。私に出来ることは、あなた方から聞いたことを他言せず、墓場まで持っていくことだと思います」

松永は神谷と畑中の顔を交互に見て言った。自分が管轄する刑務所に捜査が入るのは快《こころよ》いものではない。黙っていてやるから引き下がれと言いたいのだろう。

「こちらの職員が、犯罪組織に関わっている可能性があります。というのも、私の同僚が拉致されて、恐らくはこの施設に監禁されたと思われるからです。しかし、令状を取って本格的な捜査を始めれば、私の同僚は口封じのために殺害されるでしょう。是《ぜ》が非でも協力していただきます」

神谷は強い口調で言った。

「馬鹿な」

松永は、右手を顔の前で横に振った。

「証拠の映像をお見せします」

神谷は自分のスマートフォンで例の映像を見せながら説明した。

「当施設の職員が、関わっていると……」

松永は絶句した。

「一刻を争うのです。刑務所内での内偵捜査をさせてください」

神谷は両手を膝に載せ、頭を下げた。

3・八月二十四日PM11：16

午後十一時十六分、府中刑務所。

吉本《よしもと》悠太は、職員宿舎脇の物置小屋の陰で煙草《たばこ》を吸っていた。

職員宿舎はすべて南向きで、ベランダは敷地の外からは丸見えになる。もともとベランダでの喫煙《きつえん》は禁止らしいが、他人の目を気にして悠太は夜中に隠れて吸っているのだ。

刑務所には職員の家族という偽の身分証で入場していた。家族となっている職員は岩崎《いわさき》淳《あつし》という本物の刑務官である。だが、鍵沼《かぎぬま》と名乗る窃盗団のリーダーという裏の顔も持っていた。また、偽の身分証を用意してくれたのは、有馬《ありま》と名乗る元陸上自衛隊員で本名は田伏直樹という男である。

田伏は都心に住んでおり、刑務所にはめったに顔を出さない。もっとも、好んで来るような場所でもない。だが、刑務所は窃盗団の絶好の隠れ場所になっていた。鍵沼が正規の職員だけに、怪しまれないからだ。また、田伏が作る偽の身分証は精巧に出来ていることもあるが、偽の職員や家族が紛れ込んでいるとは誰も疑わないこともある。

それにもう一つ利点があった。刑務所の独房を使うことだ。岩崎らはこれまでも窃盗以外に誘拐を仕事にしてきた。依頼主から指示された人物を誘拐し、刑務所の独房に閉じ込めて恐喝《きょうかつ》する。依頼主の命令に従うようになったら解放するのだ。対象者は会社の重役、政治家の秘書など様々である。

悠太は窃盗団の仲間になってから一年半経つが、岩崎の命令に忠実に従ってきた。岩崎は四十七歳で父親のような存在でもあった。だが、一ヶ月ほど前にいきなり、悠太の実父を見つけ出したので復讐してやると言われたのだ。

窃盗団に入るきっかけは、田伏からSNSを通じて仕事に誘われたのがきっかけである。十七歳で上京した悠太は都内で半グレの仲間になり、強請《ゆすり》や置き引きなどで小銭を稼いで生活していた。唯一の楽しみはSNSに文章を投稿し、フォロワーを集めることである。

悠太は主に子供の頃のつらい思い出を投稿していた。たまたまその手の話を投稿したら反応が大きかったことがきっかけである。その中で、実父は顔を見たこともない尾形四郎《しろう》だと、名前を出した。名前を晒《さら》すことで、本人に迷惑が掛かればいいと思ったからだ。それを田伏は覚えていたらしく。岩崎にも話したようだ。

悠太にとって母親から聞かされてきただけの尾形という男は、名前以外は知らない、どうでもいい存在であった。だが、岩崎から尾形は詐欺師で、これまで何千人もの人を騙して不幸にしていると聞かされ、俄然憎むようになったのだ。

最初は尾形が勤める会社に、簡単な脅迫状を貼り付けることから始まった。だが、それはエスカレートする。岩崎と田伏が新宿のデパートに爆弾を仕掛けるのを手伝った時は、一流の犯罪者になれた気がして心躍った。

今回は尾形にメールを送って誘い出し、誘拐したのだ。岩崎の命令だったが、正直言ってがっかりしている。尾形とその仲間をゲーム感覚でいたぶる方が、遥かに面白いからだ。尾形を拉致したということは、彼の仲間に身代金か何かを要求するはずだ。だが、その後どうするのかまったく聞いていない。どのみち、ゲームは終わってしまうだろう。

「また、ここにいたのか？」

岩崎が傍に立ち、煙草に火を点《つ》けた。

「部屋にいると、息が詰まるんです。それに、こんな夜遅くに官舎に入って行った覆面パトカーも気になって」

悠太は煙草の煙を吐き出しながら答える。

「気にするな。ここは安全だ。ところで、おまえは、父親をどうして欲しい？」

岩崎は煙草を吸いながら尋ねた。

「俺は、どうでもいいですよ。正直言って、父親とは関わりたくないですから」

悠太は忙《せわ》しなく煙草を吸った。父親のことを聞かれて苛ついたのだ。

「それを聞いて安心した。ここだけの話だが、田伏は殺すつもりのようだ」

岩崎は険しい表情で言った。

「岩崎さんは、どうしたいんですか？」

悠太は吸いかけの煙草を足元に捨てて火を消した。

「俺はこれまで散々悪いことをしてきたが、殺しはしていない。だが、田伏には逆《さか》らえない。尾形を誘拐する計画を立てたのは、実はあいつだ」

「岩崎さんは、俺たちのリーダーなんでしょう?」

悠太は首を傾げた。窃盗の現場では岩崎がリーダーシップをとる。だが、確かに田伏は岩崎に上から目線で話をすることもあった。

「窃盗はともかく、これまでしてきた誘拐の仕事はすべて田伏が持ち込んだんだ。盗むよりも金にはなったが、リスクが高いから俺はやりたくなかった。だが、断れば、殺すと脅されていたんだ」

岩崎は声を潜めた。

「どうしたら、いいんですか?」

悠太は困惑の表情で尋ねた。頼りになると思っていた岩崎が弱音を吐いたことで、急に不安になったのだ。

「当面は成り行きを見守るつもりだが、尾形はできれば逃がしたい」

岩崎は周囲を見回しながら答えた。

「俺もそれがいいと思います。でも殺すって脅されているんでしょう?」

悠太は岩崎の目を覗き込むように見つめた。田伏は得体の知れない男だとこれまでも思っていたが、岩崎の話で確信を得た。岩崎も殺されると脅されて、本当は怯えていたに違いない。

「田伏の口を封じる他ないかもな。だが、奴のバックには大きな組織があるそうだ。ここにもその組織の息が掛かった警備隊員が何人もいると聞いている。俺はその組織と関係を持っていないが、関わりたくないんだ。おまえは悪ぶっているが、根っからの悪人じゃないだろう。おまえは早く仲間から外れろ」

岩崎は首を横に振りながら煙草の煙を吐き出す。

「俺はどうしたらいいですか？」

悠太は自分の顔を指差して言った。

「何も知らない振りをしていろ。死にたくなかったら、絶対、田伏に怪しまれるんじゃないぞ。睨まれたら、俺たちは二人とも殺されるぞ。いいな！」

岩崎は煙草を投げ捨てると、悠太の肩を強く叩いて去った。

「くそっ。どうしたらいいんだ」

悠太は地団駄を踏んだ。

4・八月二十四日PM11：40

午後十一時四十分、府中刑務所庁舎、二階会議室。

神谷は紺《こん》色の制服の左胸に無線機を取り付けると、紺色のキャップを被った。警備隊員の格好である。

「馬子《まご》にも衣装、さすが機動隊にいたことがあるだけによく似合っている」

刑務官の格好をしている畑中が笑った。

「おまえは交番勤務時代に戻ったようで、いつもよりしまって見えるぞ」

神谷は畑中を見て笑った。

二人は、監房を調べるための準備をしている。刑務官は武装しないため、神谷が警備隊員に成り済ますことになった。武装といっても警棒だけだが、丸腰よりはましだ。

「刑務官のリストを改めて見ましたが、不審な経歴の持ち主はいませんね。そもそも、経歴に傷がある者は採用されませんから」

長机でノートＰＣを見ていた刑務官が、溜息を漏らした。副所長の佐久間《さくま》洋治《ようじ》である。松永所長は内偵するにあたって、数人の刑務官と警備隊員からなる捜査チームを編成すると言い出した。

だが、神谷はそれではみすみす敵に存在を知られるだけだと、反対したのだ。そのため、彼は腹心の部下である佐久間と所長室まで案内してくれた看守長の安藤《あんどう》という刑務官の二名だけ選び出し、神谷と畑中に付けたのだ。

「警察官にもモグラがいます。刑務官の中にいてもおかしくはないでしょう。その場合、経歴から調べることは難しいはずです」

神谷は佐久間に言った。玲奈も刑務所のサーバーをハッキングして刑務官の経歴を調べたが、怪しい人物を見つけ出すことは出来なかったそうだ。

「刑務官以外の事務職などの職員にモグラがいるんじゃないでしょうか？」

佐久間はノートＰＣのモニターを見ながら欠伸を嚙み殺した。松永所長に自宅から呼び出されたのだ。

「事務の職員が監房を自由に出入りできるとは思えません。モグラは絶対刑務官のはずです。ただし、事務職の偽の身分証を持った仲間もいる可能性はあります。入場の際に刑務官ほど厳しいチェックは受けないでしょうから」

畑中は丁寧に言った。現役の刑事だけに、捜査協力を得た相手にフレンドリーに接するのだろう。

「私は犯人を南通用門まで尾行しました。日産のバネットです。車のナンバーは〝品川ゆ○○－××〟でした。南東にある職員宿舎の駐車場に停めてあることは確認しています」

神谷は警棒を左右に振りながら付け加えた。感覚を確かめているのだ。現役の警察官だったころ、警棒を使った逮捕術では負けたことがなかった。

バネットの駐車位置は、ＡＳＬＯＯＫ警備保障のドローンで確かめていた。彼らと〝ころ探偵事務所〟の追跡チームは、現在も刑務所の外で張り込みを続けている。彼らも刑務所内での捜査に加えたいところだが、さすがに畑中の手前できなかった。

「ナンバーまで分かっているのなら、部下にその車を調べさせましょう」

佐久間はポケットからスマートフォンを出した。

「だめです。犯人の特定が出来ていない状態で、こちらの手の内を見せられません。まずは、書類上で使われていない独房を調べましょう」

神谷は右手を前に出して制した。犯人が自分の車を見張っている可能性もあるからだ。それよりは、独房を調べて尾形の救出を先にした方がいいだろう。

「分かりました。受刑者が入っている独房と、現在使われていない独房のリストをプリントしましょう」

佐久間はノートPCのキーボードを軽く叩き、傍のプリンターを起動させた。

「使われていない独房はたったの十一ですか。意外と人気がありますね」

プリントされた書類を見て神谷は、笑みを浮かべた。府中刑務所は広いが、十一の独房を確認するだけなら三、四十分で出来るだろう。

府中刑務所の北側の建物群は、訓練工場である。中央にある管理棟と給食棟や病院・体育館棟を挟んで東西に細長い収容棟が十舎並んでいた。受刑者が立ち入れる建物はすべて壁がある渡り廊下で繋がっており、運動以外で外に出ることは一切ない。

収容棟は東舎と西舎に分かれ、それぞれに運動場があった。東舎と西舎の端から端までは四百四十メートルある。神谷は自分が収容されていた東舎が頭に入っているので、全体像も簡単に考えていた。

「すぐに行こう」

神谷は畑中と出入口近くに立っていた安藤に目配せした。

「お任せください」

胸を張った安藤は、先に部屋を出て廊下で待っていた。所長から特別に選ばれたことで張り切っているようだ。

一時間後、神谷らは西舎の一番北に位置する収容棟に足を踏み入れた。

「この舎の独房が最後ですね」

安藤は後ろを振り返って言った。神谷が負傷したことを知っているので、気を使っているのだろう。神谷は額に汗を流しながら歩いていた。体が鈍っていることが原因だが、傷痕に鈍い痛みがあるのだ。

「おかしい。ここは、職員宿舎から離れ過ぎている」

神谷は周囲を見回しながら言った。収容棟はどこも廊下の左右に窓つきの頑丈な金属製のドアが並ぶ同じ風景である。

「私もそう思う。独房だからいつも監視する必要はないだろうが、すぐに来られないのでは、犯人は不安になるはずだ」

並んで歩いている畑中は渋い表情で言った。

「この房です」

安藤は手にしていたリストで確かめると、独房のドアの鍵を開けて中を確かめた。

独房にもよるが、この部屋は三畳ほどの面積で奥に便器と小さな洗面所があるだけのシンプルな構造である。ドアの小さなガラス窓からでも中は確認出来た。

「使われていない雑居房はありませんか？」

神谷は、ドアの小窓を覗きながら安藤に尋ねた。

「ここだけの話ですが、定員以上に収容していますので雑居房は満杯です。新型コロナ対策で密を避けるために受刑者を減らしたいのですが、現実は逆なんです」

安藤は首を横に振った。

「一度戻って、作戦を立て直そう」

畑中は気まずそうに言った。神谷の情報と読みを疑い始めているのだろう。独房に監禁するというアイデアはいいと思ったのだが、冷静に考えれば難点が多い。もっと、単純な場所に監禁している可能性もある。

「……すみません。一度戻りましょう」

神谷は安藤に頭を下げた。

5・八月二十五日AM0:50

零時五十分、府中刑務所。

神谷らは、要所にセキュリティロックが掛かったドアがある、ひたすら長い廊下歩いていた。収容棟が四列に並んでいる西舎の端を南北に繋ぐ建物の廊下である。端から端までは百メートル以上ありそうだ。

「大丈夫か？」

畑中が声を掛けてきた。神谷が足を引き摺るように歩き始めたことを心配しているらしい。二十分ほど前から傷痕がかなり痛くなっていた。足まで痛いわけではないのだが、右足を伸ばすように歩くと、少しだけ楽になるのだ。

「ちょっと、休憩させてもらえませんか？」

神谷は前を歩く安藤に言った。

「すみません。私の歩くスピードが速いのですね。管理棟に職員用の休憩室があります。そこに行きましょう」

苦笑を浮かべた安藤は、数メートル先にあるドアのセキュリティスキャナに自分のＩＤカードを差し込んでロックを解除した。

「すぐそこです」

安藤は十メートルほど歩き、ガラス窓があるドアを開けて入った。三十平米ほどの部屋の壁際にドリンクの自動販売機と電子レンジや給水機などが並び、テーブル席が三卓ある。

「助かった」

神谷は手前のテーブルの椅子を引くと、腰を落とすように座った。

「コーヒー飲むか？」

畑中が小銭入れをポケットから出した。

「微糖で頼む」

神谷はテーブルに手をついて顎を載せた。朝早くから動いているので体力も限界に近いようだ。いつもはブラックだが、今は甘みを感じるコーヒーを飲みたい。

「おまえでも電池が切れることがあるのか」

畑中は神谷に缶コーヒーを渡すと、自分も同じものを手に向かいの席に座った。神谷が警視庁で一番過酷な訓練で知られる機動隊を経てSATの隊員になったことを知っているだけに不思議がっているようだ。

「腰の辺りから、電気が漏れている気がする」

神谷は力なく冗談で返すと、缶コーヒーの微糖を飲んだ。疲れてもいるが、腹も減っている。血糖値が下がっているのだろう。微糖と表記されているが、かなり甘い。だが、今はそれがうまく感じる。

「拉致された同僚が見つからなかった場合は、犯人が使用した車の捜査に移りますか？」

離れた席でミネラルウォーターを飲んでいた安藤が尋ねた。

「偽のナンバーということは分かっています。それに盗難車の可能性もあります。あの車を調べても何も出てこないでしょう。やつらはプロ中のプロですから」

神谷は缶コーヒーを飲み干し、空き缶を握り潰した。ナンバーは畑中に調べさせて偽造だとすでに判明している。また、田伏が下北沢駅に乗り捨てたバイクも盗難車で偽造ナンバープレートが取り付けてあった。バイクはパトロール中の派出所の警察官がナンバープレートを照合し、回収している。田伏はそれを承知で乗り捨てたに違いない。したたかな男である。

「仮に職員の中に犯罪者がいたとして、犯罪のプロと呼べるような人物がいるのでしょうか？」

　安藤は首を傾げながら質問した。彼にとっては素朴《そぼく》な疑問なのだろう。

「三人組の窃盗団が、事件に関わっています。そのうちの誰かが職員のはずです。また、リーダーかサブリーダー格の人物が、別の犯罪組織に属しているようです。その男はＩＴに詳しいようです。刑務所内の書類や証明書の偽造も簡単に出来ると私は思っています」

　神谷は名前を伏せて簡単に説明した。悠太は年齢的に考えて使い走りだと考えている。

「副所長が出してくれたこのリストですが、この情報も書き換えられた可能性があるのですか？」

　安藤はポケットから折り畳まれたリストを出して見せた。

「可能性はあります。犯人は刑務所のサーバーをハッキングする技術を持っているはずですから」

　神谷は断言した。

「改竄《かいざん》が可能だとしても、このリストのデータに関しては間違いないと思います。というのも、拉致されたのは昨日ですよね。私は一昨日の段階で確認しており、昨日は変更がなかったことを知っています」

　安藤は首を振った。立場上、書類に目を通していたらしい。

「一昨日から情報は変わっていないのか」

　畑中が顎を掻きながら言った。独房に監禁されているという推測は間違っていると言いたいのだろう。

「待てよ。確かに拉致されたのは昨日だが、計画は念入りに立てられていたようだ。拉致現場も下見したに違いない。とすれば、数日前から計画されていたと考えるべきじゃないのか」

神谷はリストを手に取って独り言のように呟いた。

「そうか、三日、あるいは四日前にすでに改竄されていた可能性があるな。とすれば、それ以前の情報と比べればいいのか」

畑中がポンと手を叩いた。

「独房に入れられるのは理由がありますよね。それを書き記した書類はありますか？」

神谷は安藤に尋ねた。

「もちろんです。刑務官の独断で受刑者を独房に入れることはありませんから」

安蔵は大きく首を縦に振る。

「三、四日前の独房のリストは庁舎に戻らないと見られませんか？」

神谷は尋ねた。ここから十分ほどで戻れるが、あまり動きたくないのだ。

「ここは管理棟ですから、もちろん見ることは可能です。それに私はその情報にアクセスする権利を持っています」

安藤は立ち上がった。

「案内してください」

神谷も席を立った。

6・八月二十五日AM1：10

午前一時十分、府中刑務所、管理棟。

神谷と畑中は、セキュリティセンターと呼ばれる刑務所内の監視システムを管理している部屋にいた。

五十平米以上ある部屋は中央で仕切られ、監視映像が映し出された無数のモニターが並んでいる。その下には、ボタンやLEDランプが点滅するコンソールパネルが配置されていた。セキュリティドアなどの開閉や不具合を表示しているのだろう。左右対称のエリアは収容棟の東舎と西舎の監視映像を別々に管理しているようだ。

工場群や体育館などの監房以外の施設にある監視カメラの映像は、東舎と西舎のエリアの中で担当エリアが分かれているらしい。二つのエリアには、それぞれ二人の夜勤の刑務官が就いている。非公開の場所で、限られた職員だけが入室可能らしい。

「驚いたな。さすが日本一の刑務所だ。まるでJAXAの管制塔だな」

畑中はモニターの監視映像を見て感動したようだ。

「こんなすごい施設に俺はいたのか」

神谷は自分がいた東舎の監視映像を見て絶句した。当たり前のことだが、自分が受刑者として過ごした場所が刑務所のごく一部に過ぎなかったことが今さらながら分かるというものだ。

出入口近くにノートＰＣが設置してあるデスクがいくつかある。安藤はその一つで作業しており、神谷と畑中は近くの空いている椅子に座っていた。安藤は独房の使用状況が記載された書類を調べているのだ。

「ここを見たら、脱獄不可能だと分かるな」

畑中は、両手を伸ばして大きな欠伸をした。彼は今抱えている殺人事件だけでも忙しいらしい。疲れが溜まっているのだろう。

「どんな感じですか？」

神谷は立ち上がって安藤に近寄って尋ねた。

「東舎の第五収容棟の独房の記載が不明瞭《ふめいりょう》ですね。三日前に書き換えられていますが、独房に入っている受刑者と雑居房の受刑者の名前が重複しています。待てよ。同じく東舎の第三収容棟の独房も同じですね。……あれれ。西舎の第四収容棟でも間違いがある。記入ミスかもしれない。一箇所なら故意だと判断できますが、これではいい加減に記載したとしか思えませんね」

舌打ちをした安藤は、右手を後頭部に当てて首を回した。彼も疲れを隠そうとしなくなった。

「記載した刑務官の名前は同じですか？」

立ち上がった畑中は、安藤のノートＰＣを覗いた。

「いえ、同じ人物だったら怪しみますが、どれも別人です。しかも五箇所も記載ミスがあります。明日、これらの刑務官に問い質してみます。訓告処分ものですよ」

安藤は口調を荒らげた。几帳面《きちょうめん》な男なのだろう。相当腹を立てているらしい。

「いや、尾形を監禁している独房が特定されないようにしているのかもしれませんよ。記入者名を変えれば、怪しまれない。書類を書き込んだ刑務官も、名を騙《かた》られただけじゃないですか？」

神谷はノートPCの画面を指差した。

「しかし、改竄するにはサーバーにハッキングしなければなりませんよ」

安藤は首を捻った。

「私たちが追っている田伏という男ならそれが出来るはずです」

神谷はにやりと笑った。

「本当ですか。それでは、記載が怪しい独房をすべてリストアップします」

安藤は首を左右に振ると、ノートPCのキーボードを叩いた。

午前一時二十五分。

神谷らは東舎の第五収容棟のセキュリティドアを通過した。

「デジャブを感じる」

前を歩く畑中が呟いた。刑務所の廊下はどこも殺風景で見た目は変わらない。

一時間半ほど前にこの収容棟を調べている。その時は使われていない独房を調べたが、今度は使われている独房を調べるのだ。

「皮肉ですね。これから確認する独房は、さきほど調べた独房の二つ隣りです」

安藤が緊張している様子はない。神谷らと顔を合わせてから二時間以上経っているので、慣れたこともあるのだろう。だが、神谷は油断なく歩いている。監房のドアが内側から開くことはないが、壁一枚隔《へだ》て様々な受刑者が眠っているような場所では気を許せないのだ。安藤にとっては職場であるため、リラックスしているのだろう。

突然、周囲が暗くなる。

「どういうことだ？　停電か！」

畑中が声を上げた。

神谷は革ベルトのホルダーに差し込んである警棒に手を掛け、周囲を窺った。

非常灯が点灯した。自動的に切り替わるのだろう。だが、非常灯は少なく薄暗い。

「分かりません。でも、すぐに復旧するでしょう」

安藤は天井を見上げ、落ち着いて答えた。初めてのことではなさそうだ。

背後のセキュリティドアが開く。

四人の警備隊員が、隊列を組んで走ってきた。だが、制服とキャップは同じだが、全員バラクラバを被っている。

「畑中！」

神谷は畑中に自分の警棒を投げ渡した。

「おお！」

呼応した畑中は、警棒を構えた。

四人の男たちが一斉に警棒を抜いた。

「下がれ！」

神谷は安藤に向かって叫ぶと、警棒を振り下ろしてきた男の手首を掴んだ。

「くっ！」

畑中が二人の男にあっという間に叩きのめされた。彼も逮捕術では上級者だが、警棒を持った二人の男たちが相手では分が悪かったらしい。

「くそっ！」

舌打ちをした神谷は男の手首を捻って警棒を奪い、その首筋に警棒を叩き込む。逮捕術でも警棒を使うが決して頭部は狙わない。殺傷能力があるからだ。だが、首筋を手加減して殴打し気絶させることは、高度なテクニックを要するが、もっとも効果的である。

三人の男に囲まれた。安藤はとうに気絶させられている。

左の男が警棒を振り下ろす。

神谷は体を入れ替えてかわし、同時に右の男の警棒を弾《はじ》き返した。間髪容れずに正面の男が叩き込んできたがそれよりも早く、神谷は男の鳩尾を蹴り上げる。男は後方の壁に頭を打ち付けて昏倒《こんとう》した。

「くっ」

神谷は顔をしかめた。傷口に激痛が走ったのだ。蹴りは避けるべきだった。

二人の男が交互に警棒を打ち付けてくる。神谷は軽くかわして左の男の鳩尾を突くと、右の男の脇腹に警棒を叩き込んだ。

「うっ！」

神谷は強烈な痺《しび》れを覚え、警棒を落とした。

「くそっ！」

歯を食いしばり、振り返った。

二人の警備隊員の制服を着た男が立っている。一人はスキンヘッドで銃型のスタンガンを握っていた。田伏である。

「こいつ、化物《ばけもの》か」

苦笑した田伏は、銃型スタンガンの引き金を引いた。銃口から筒型の銃弾が飛び出し、神谷の腹に刺さった。途端に強烈な電流が体を駆け巡る。

「ぐっ！」

神谷の意識は飛んだ。

未明の追跡

1・八月二十五日AM1：30

　ふと目を開けた神谷《かみや》は、振動する胸ポケットを押さえた。

「うん？」

　頭を振った神谷は、上体を起こした。警備隊員の格好をした四人の男を倒した記憶はなんとかある。その後、身体中が痺れて気絶したらしい。

　すぐ近くに畑中《はたなか》と安藤《あんどう》が倒れている。

「畑中、しっかりしろ！」

　立ち上がった神谷は、畑中を揺り動かした。

「……くそっ。痛てて」

　目覚めた畑中は首筋を左手で摩《さす》りながら上半身だけ起こし、壁にもたれ掛かった。

「安藤さん、大丈夫ですか？」

　神谷はうつ伏せに倒れている安藤の肩を軽く叩いた。警棒で頭を殴られた場合、頭蓋骨《ずがいこつ》骨折、最悪の場合、脳内出血もありうる。やたら動かしては危険なのだ。

される。

「うーむ」

安藤が息を吐き出したが、虚《うつ》ろな目付きをしている。外傷はなさそうだが、警棒で殴打されて脳震盪《のうしんとう》を起こしたのかもしれない。

「うう」

安藤が、両手を突いて体を起こそうとする。

「無理をしないでください。手足は動きますか」

神谷は安藤の肩を摑んで仰向けにさせた。その方が呼吸も楽になるからだ。

「……ありがとうございます。大丈夫なようです」

声は小さいが、安藤の意識はしっかりしている。少し休ませれば大丈夫そうだ。

「おまえまで、やられるとはな」

畑中は深呼吸を繰り返している。左の頸動脈《けいどうみゃく》あたりを殴られたのだろう。強い打撃で血流が一瞬止まって気絶するのだ。すぐに動くことはできない。

「こいつを二発も喰らったんだ」

神谷は腹に刺さっているプラスチック製の小さな四角い筒を抜いた。長さは六、七センチで後方にミサイルのような小さな翼が付いている。神谷は畑中に投げ渡した。撃たれた際の記憶が蘇《よみがえ》った。同時にスキンヘッドの田伏《たぶせ》の薄笑いが脳裏《のうり》に浮かぶ。

「ひょっとして電気弾か？」

畑中は眉間に皺を寄せて見ている。

「〝WATTOZZ〟の電気弾だ。俺も実物を見るのははじめてだ。一発目と二発目の電圧を変えて撃たれたらしい。二発目は味わうまもなく気絶した」

神谷は右手を背中に回し、刺さっている電気弾を抜き取った。

〝WATTOZZ〟はトルコの企業である〝Albayraklar Group〟が近年開発した発射型スタンガンである。最大射程は八メートルだが、二発の電気弾が装塡《そうてん》されたソケットを銃身に装着して使用する。三種類の電圧を選んで発射することができ、銃本体もスタンガンとして使用できる優れものだ。

「やけに詳しいな」

畑中が訝《いぶか》しげな目で見た。

「俺は警官じゃなく探偵だ。情報はグローバルなんだ」

神谷は鼻先で笑ったが、情報源は貝田《かいだ》である。彼は機械オタクであるが、同時に武器マニアでもあった。それが昂じて自分で爆弾を作って逮捕されたという痛い過去がある。護身用にと岡村《おかむら》に購入申請をし、日本では法律上所持できないと諭されたと聞いた。そのため、密《ひそ》かに似たものを自作しているらしい。

「本物の警備隊員が駆けつけてくるだろうな」

畑中は溜息を吐いた。襲撃されたとはいえ、監視カメラの映像で一般の刑務官に知られれば、極秘捜査は台無しになると言いたいのだろう。

「停電した際に監視カメラも停止したのだろう。正常に稼働しているのなら、俺たちが気絶している間に駆けつけてきたはずだ」

神谷は監視カメラを見て笑った。監視カメラが予備電気で稼働していたのなら、セキュリティセンターの刑務官が、乱闘に気付かないはずがない。

「そうか、安心したよ。刑務所で勝手な捜査をしていたなんて上司が知ったら大事《おおごと》だ」

畑中は胸を撫で下ろした。

ポケットがまた振動した。スマートフォンに電話が掛かってきているのだ。慌ててスマートフォンを取り出し応答をタップした。時刻は午前一時三十二分になっている。七、八分気絶していたようだ。

「神谷だ」

——中森《なかもり》です。たった今、例のバネットが南通用門から出てきました。

ASLOOK警備保障の中森からの電話である。

「すまないが、尾行を頼む。こっちは、襲撃されてすぐには動けない」

——大丈夫ですか?

「大したことはない。また連絡してくれ」

——お任せください。

中森は自信ありげに答えた。

「頼んだ」

神谷は通話を終えてスマートフォンをポケットに入れる。

「代理店の仲間か？」

畑中はゆっくりと腰を上げた。彼には代理店の仲間が、刑務所の外で見張っていると誤《ご》魔化《まか》してある。

「例のバネットが、刑務所の外に出た。二台の車で尾行する」

神谷は横になっている安藤のポケットから折り畳まれたリストを出した。不審な記載がされている独房のリストをプリントアウトしたものだ。

「東舎の第五収容棟の……」

リストを読み上げながら、神谷は調べるはずの独房を探した。

「探す必要はなかったか」

神谷は舌打ちした。数メートル先の独房のドアが、半開きになっていたのだ。念のために中を覗いたが、誰もいない。だが、布団が敷いてあるので使われていたことは確かだ。

「この独房に尾形が拉致されていたんだな」

畑中が神谷の後ろから覗き込んだ。

「俺たちがこの独房を確認しようとしたから、襲われたんだ」

神谷は独房のドアを閉めた。

「だから、慌てて尾形を他の場所に移したんだな」

畑中は鼻息を漏らした。

「そういうことだ。俺は尾形さんを追う。おまえは所長に報告してくれ。襲撃してきた四人とは別に二人の男がいた。そのうちの一人は田伏だ。最初に攻撃してきた連中は、格闘技に長《た》けている。顔を隠していたが、警備隊員に違いない」

「そうだよな。俺でさえ敵《かな》わなかった。少なくとも四人の警備隊員が裏切り者ということだな。俺を敵に回したことを絶対後悔させてやる」

畑中は拳を握り、唸るように言った。気絶させられたことがよほど悔しいのだろう。

「期待している」

神谷は横になっている安藤の傍に屈んだ。

「立てますか？　とりあえず、病院棟に行きましょう」

頷いた畑中は、安藤に手を貸した。

「大丈夫です。所長に報告に行きましょう」

安藤は足元をふらつかせながらも立ち上がった。

畑中は安藤に肩を貸すと、神谷に左手を上げてみせた。

「頼んだ」

神谷も畑中に拝むように右手を上げ、小走りに去った。

2・八月二十五日AM1：40

午前一時四十分。

神谷は徒歩で刑務所の南通用門の外に出た。

畑中は安藤を連れて所長室に向かった。

彼らは、襲撃されたことと独房に尾形が監禁されていた形跡があったことを報告するだろう。犯人の協力者は一人や二人ではない。モグラが多いことから内偵するにしても、法務省の協力の下《もと》に行う必要がある。畑中も襲撃されたことで上司に報告し、正式に警視庁として動くはずだ。

目の前にラングラーが停まった。

「お待たせしました」

運転席から貝田《かいだ》が顔を覗かせた。後部座席には外山《とやま》が乗り込んでいる。神谷が助手席に乗りたいと連絡をしておいたのだ。

「ご苦労さん」

神谷は助手席に乗り込んだ。

「エンゲージ！」

貝田は右手を前に出し、車を出した。仮眠しただけに元気である。というか、テンションが妙に高い。

「何が、エンゲージだ」

神谷は鼻で笑った。英語のエンゲージという動詞は「携《たずさ》わる」、「忙しくする」という一般的な使い方の他に「交戦する」というような軍事的な意味もある。貝田のことだから後者の「いざ戦わん」というような意味で使っているのだろう。

「しっ、知らないんですか。スタートレックのピカード艦長が、USSエンタープライズ号を、ワープさせる際に『Engage!』ってよく言うんですよ。日本語版では単純に『発進！』とか言っていましたが、格好いいとは思いませんか？」

貝田は声をわざとらしく高めて言った。〝スタートレック〟シリーズは、長年米国や日本で放送されていたSFテレビ番組である。名前ぐらいは知っている。見ていないからといって、完全に馬鹿にしているようだ。いつもなら多少は付き合ってやるが、今は疲れすぎているため、その気になれない。

「どうでもいい。この発信機の位置を追えば、中森さんたちにも追いつけるだろう。黙って運転してくれ」

神谷は自分のスマートフォンを出し、ダッシュボードの専用スタンドに挟んだ。

中森は張り込みをしている間に、刑務所の駐車場に停めてあったバネットにGPS発信機を取り付けた。旋回音も立てない小型ドローンをバネットの屋根に着陸させ、すぐに離陸させる。その際、ドローンの下部に取り付けられている五百円玉ほどのサイズの磁石付きGPS発信機がバネットに残されるというわけだ。

このドローンとGPS発信機は、〝こころ探偵事務所〟の備品らしい。私有地に停められているミニバンなどの車高の高い車に使うそうだ。セダンなどのトップが低い車だと見つかってしまうからである。使い道までは聞かなかった。普通の探偵事務所なら浮気調査などだろうが、あの事務所に限っては心龍会の敵対勢力の調査も含まれる。

「はい、艦長。ワープ1で航行します」

貝田はかしこまって返事をした。今度は、宇宙船の航海士になりきっているらしい。神谷は艦長役をやれということだ。

「頼んだぞ。航海士」

社員の中では貝田と一緒に過ごすことが多い。そのため、彼の生態はよく理解している。貝田がなりきっている時は「ゾーン」に入っているらしく、調子がいいのだ。そんな時は、彼の世界を邪魔しない方がうまくいく。

「チェコフです」

貝田は真面目な顔で言った。航海士の名前はチェコフと言うらしい。

「それじゃ、チェコフ。ワープ2で航行してくれたまえ」

神谷は溜息を殺して言った。ワープ2で航行している。貝田は、制限時速五十キロの道路を四十キロで走っている。深夜で行き交う車もほとんどないので五、六十キロで走って欲しい。それに中森らに早く追いつきたいのだ。「さっさと走れ!」と怒鳴りたい気分は抑えて、大人の対応をする。

「了解です。艦長」

貝田は満面の笑みを浮かべ、スピードを上げた。

3・八月二十五日AM2:20

午前二時二十分、神奈川県相模原《さがみはら》市。

ＡＳＬＯＯＫ警備保障のアクアと〝こころ探偵事務所〟のカローラ・ツーリングが、国道４１３号線を走っていた。

相模川水系の一級河川である道志川《どうしがわ》に沿っているため、この辺りでは〝道志みち〟と呼ばれる山深い道路である。街灯もまばらで夜間の交通量は極端に少ない。

「目的地は、山中湖《やまなかこ》でしょうか？」

ハンドルを握る猿渡《さるわたり》が、ダッシュボードのスタンドに設置してあるスマートフォンを見ながら尋ねた。尾行しているバネットに取り付けたＧＰＳ発信機を示すスマートフォンの地図上の赤い点が、三百メートル先を進んでいる。街中ならともかく郊外では気付かれずに尾行することは不可能だと判断し、距離を開けているのだ。

バネットは国立市《くにたち》で中央自動車道に入り、相模湖東インターチェンジを下りて国道４１３号線を西に向かって進んでいる。

「山中湖に行くのなら、中央道で大月《おおつき》まで行った方が早く着ける。目的地はそのもっと手前ということだろう。しかし、途中の道志村にあるのは、キャンプ場と温泉か、……民家は少なそうだな」

中森は自分のスマートフォンの地図アプリで調べ、首を捻った。

「それにしても寂しいところですね。昼間のドライブだったら緑が楽しめそうですが」

猿渡はバックミラーをチラリと見て言った。バックミラーに映るのは後続車であるカローラ・ツーリングのヘッドライトだけだ。正面は、自分のヘッドライトが照らし出す山間《やまあい》の変化のない景色が続いている。

「この先、結構な山道になるようだ。運転にはあきないだろう」

中森は地図で曲がりくねった道を見て苦笑した。

何かが車の前を過《よぎ》った。

「止めろ！　スティンガースパイクだ！」

中森が突然叫んだ。正しくは〝スティンガースパイク・システム〟という金属製の突起が付いた蛇腹《じゃばら》式の道具である。

「ええ！」

猿渡は急ブレーキを踏んだ。だが、間に合わず前輪が〝スティンガースパイク・システム〟を踏みパンクした。後続のカローラ・ツーリングはアクアに衝突寸前で停止する。

「全員！　襲撃に備えろ！」

中森は無線で仲間に指示を出すと、シートベルトを外して特殊警棒を取り出した。ドアノブに手をかける。だが、開かない。

リアドアガラスが叩き割られた。

「くそっ！」

中森はシートを目一杯後ろに押し倒し、体を反転させて身構える。

後部ドアから何かが投げ込まれた。

破裂音。

投げ込まれた物が、猛烈に白煙を吐き出す。

「催涙弾だ！」

中森は後部座席に移動し、割れたウィンドウから外に飛び出した。猿渡が逃げ遅れている。咳《せ》き込みながら運転席のドアノブに手を伸ばし、両眼を見開いた。前後のドアに金属製の板が貼られているのだ。強力な磁石なのだろう。

「何っ！」

舌打ちをした中森は特殊警棒の先端を伸ばすと、運転席側のウィンドウを叩き割った。白煙が窓から吹き出す。

中森は特殊警棒でガラス片を取り除くと、猿渡を運転席から引っ張り出した。

「すっ、すみ……」

猿渡は言葉を発することが出来ないほど激しく咳き込み、路上に座り込んだ。

中森は両眼の痛みを必死に堪えて警棒を握りしめ、周囲を窺った。襲われる直前に数人の人影を見ている。だが、今は誰もいない。車から脱出するのに必死で見失ったようだ。トンネルは右にカーブしているのでその先は見えない。彼らはトンネルの向こうに走り去ったのだろう。

後続のカローラ・ツーリングのバックドアから香川《かがわ》と筑紫《つくし》が這《は》い出し、道路に転がると咳き込んだ。彼らも同じ手口で襲撃されたらしい。

「ちくしょう！」

中森は、パンクした前輪を蹴り上げた。

4・八月二十五日AM2：29

午前二時二十九分、国道413号線。

神谷を乗せたラングラーが、道志みちにあるトンネル前に到着した。

パンクしたアクアとカローラ・ツーリングが、トンネルの十メートル前の路上に停められたままになっている。

進行方向の右手にトンネルが開通する前の旧道があり、旧道の入口は鉄製のゲートで塞がれていた。その前の暗がりで中森ら四人が横になっている。

中森から電話で襲撃があったことは知らされていた。彼から警察には通報しないように言われている。中森は木龍《きりゅう》にも報告しており、タイヤを修理するため、心龍会の者が数名向かっているようだ。

「大丈夫か？」

車を降りた神谷は、中森の傍で膝を突いた。

「あっ、神谷さん、我々に構わずに犯人を追ってください」

中森は慌てて体を起こして言った。神谷が来たことにも気付かなかったようだ。

犯人が使用した催涙ガスを中森らはまともに浴びたのだろう。数時間は激しい目の痛みや嘔吐《おうと》、それに咳が止まらないこともある。ちなみに一般的に催涙ガスと呼ばれているが、実際は非致死《ちし》性のガス化学兵器で気体ではない。

「そのまま休んでいてくれ。発信機の信号が途絶《とだ》えたから追えない。とりあえず、目の周りを洗って、口を濯《すす》ぐんだ」

神谷は中森の肩を優しく押さえると、持参したペットボトルとタオルを渡した。中央高速道路を下りて、国道４１３号線沿いのコンビニで大量の冷えたペットボトルの水とタオルと包帯などを購入してきたのだ。催涙ガスで襲撃されたと聞いて、用意してきた。駆けつけるだけでは手当ても出来ないからだ。

「ありがとうございます」

中森は口を濯ぎ、目を洗った。

「目は擦《こす》らず洗い流すようにした方がいい」

神谷は他のペットボトルの水で中森の顔を洗い流した。他の三人には貝田と外山が対処している。

「すみません。尾行に気付かれないように二、三百メートルの距離は取っていたんですが。本当に申し訳ございません」

中森はタオルで顔を拭くと、ペットボトルの水を飲んで大きく息を吐き出した。

「待ち伏せを喰らったということは尾行が気付かれたのではなく、彼らは予測していたということだ。尾形を慌てて刑務所から連れ出した連中が、スティンガースパイクや催涙弾を用意していたとは思えない。襲ってきたのは、別にいたのだろう。そもそも、バネットは襲撃前に停止したか？」

「ターゲットが停止していたら、我々も減速していたでしょう。スティンガースパイクをまともに喰らうことはなかったと思います」

神谷の質問に中森は首を振った。

「交通量がない郊外で、中央道からも近い。襲撃にもってこいの場所だ。ここまで誘《おび》き寄せられたと考えるべきだろう。相手は、尾行車を確認し、ナンバープレートを確認することで所有者を調べるはずだ」

神谷は考えをまとめながら、道を渡ってアクアに近付いた。

アクアの運転席から中を覗いた。

「うっ」

眉間に皺を寄せた神谷は、鼻を押さえて車から離れた。催涙ガスの独特な鼻を突く臭いがしたのだ。後部座席に使用済みのＭ７Ａ３催涙ガス弾が転がっていた。犯人がリアドアガラスを叩き割って投げ入れたのだろう。催涙ガス弾と言っても高さが十五センチほどのスプレー缶のような形状で、安全リングを抜いてロックピンを外せば催涙剤がガス状で吹き出す。米国の警察機関でも使用されているが、日本では売買すら出来ない代物である。

「敵はプロだな」

神谷は呟きながら前後のドアに貼られた金属製の板を見た。取り外そうとしたが、溶接したかのように強固に貼り付いている。最強のネオジウム磁石が使われているに違いない。

外から足でドアを押さえれば、なんとか開けられる。内部から開けるのは難しいだろう。

「襲撃の状況が分かりましたか？」

中森が尋ねてきた。声の調子が戻ってきている。いくらか気分がよくなったのだろう。

「少なくとも襲撃犯は、五人必要だな。スティンガースパイクを道路に投げ込む役に一人。君らが乗った車に左右から忍び寄り、ドアに磁石のストッパーを貼り付ける役が二名で、合計四人いる。同時に動かなければ、車に閉じ込めることは不可能だ。尾形と一緒に刑務所を脱出した人数は分からないが、バネットに乗っている連中は関わっていないだろう」

神谷は襲撃時の動きを頭の中で再現した。襲撃者らは道路脇の雑草の中に身を隠し、中森らが乗った車が停止した瞬間に走り寄ったはずだ。

刑務所で襲撃してきた四人は、神谷が叩きのめしている。手応えがあったので、肋骨が折れたやつもいるはずだ。脱出して一時間後だとしても、機敏に動けるとは思えない。

「プロなら、我々を殺すこともできたでしょう。狙いはなんでしょうか？」

中森は、強力なドアストッパーを両手で回転させ、位置をずらした。磁石は引き剝《は》がす場合は力がいるが、滑《すべ》らせれば意外と簡単に動かせる。だが、襲撃されてパニック状態の時に落ち着いてそんなことは出来なかっただろう。

「彼らの狙いは、敵を知ること、それに警告だろう。もし、君らを殺害すれば、さすがに警察が動く。それは避けたいはずだ」

神谷はアクアのパンクしたタイヤを見た。タイヤに無数の針が刺さっている。スティンガースパイク・システムの本体は、金属製の蛇腹式の台である。その台に無数のストロー状の針をセットするのだ。

スティンガースパイク・システムの上を通過すると、特殊な針はタイヤに刺さってシステムから抜ける。蛇腹の台にはコードが付いており、車が通り抜けた瞬間にコードを引いて回収するのだ。釘では刺さってもタイヤの空気が抜けるのに時間が掛かるが、中が空洞の針なら刺さった瞬間に空気が抜ける。

「とりあえず、GPS発信機の信号が途絶えたところまで行ってみようか」

神谷は貝田と外山に猿渡らの救護を任せ、中森とラングラーに乗り込んだ。中森はいち早く車から脱出したが、残りの三人は遅れたため回復には時間が掛かるだろう。

GPS発信機のアプリに残された位置情報に従い、三百メートルほど西に進んだところで停まった。二つ目のトンネルを出た所だ。

「ここでバネットから降りた犯人は、車の天井に付着しているGPS発信機の存在に気が付いたようだな」

神谷は車から降りるとハンドライトを出し、周囲を照らした。車から降りない限り、GPS発信機は発見できない。バネットの車高は一八五センチ、悠太《ゆうた》の身長は一八九センチあるため、縁石など少しでも高い位置に立てば気付くだろう。

「車から降りた理由はなんでしょうか？」

中森も車から降りると、ハンドライトで道路を照らしながら尋ねた。二人ともGPS発信機を探しているのだ。発信機の信号が途絶えたということは、破壊されて捨てられた可能性が高い。

「うん？」

振り返った神谷は、トンネルの左側をライトで照らした。一つ目のトンネルと同じく使われなくなった旧道がある。だが、一つ目のトンネルの旧道と違って路面が綺麗で、出入口を塞いでいるのは鉄製のゲートではなく、U字型の車止めが挿してあった。トンネルが開通したのが、比較的新しいのだろう。気になったのは、U字型の車止めの一つが抜かれて、路上に転がっているのだ。

神谷は車止めの間を通って旧道に入った。

旧道は山の尾根に沿って急なカーブになっているので、見通しは悪い。カーブに沿って道を進んだ。

「くそっ」

神谷は舌打ちをした。ライトが白のバネットを照らし出したのだ。

5・八月二十五日AM2：56

午前二時五十六分。

尾形は虚ろな表情でトヨタの十人乗りハイエースの三列目シートで揺られている。

府中刑務所の独房に拉致されていた尾形は、岩崎《いわさき》と田伏、それに悠太の三人に手錠を掛けられて緑の受刑服のまま連れ出された。

独房の近くで失神して倒れている神谷と警視庁の畑中、それともう一人見知らぬ男の脇を通った。神谷は警備隊員、あとの二人は刑務官の格好をしていた。三人は刑務所の協力を得て、密かに尾形を捜していたのだろう。

尾形はバネットに乗せられて刑務所を去ったが、今度は目隠しをされなかった。服役した経験がある尾形にとって、府中刑務所は馴染みの場所だった。犯人らも今さら隠しても仕様がないと思ったのだろう。

中央自動車道から相模湖東インターチェンジを下りて、国道４１３号線に入ってから二つのトンネルを過ぎたところでハイエースに乗り換えている。

ハイエースを運転しているのは田伏という男で、助手席に悠太が座っていた。名乗られたわけではないが、長身という特徴で判断できた。何度も顔を合わせているが、一度も口を利いていない。二人だけになることもなかったが、目を合わせるだけで悠太は気まずそうな顔になる。彼は尾形との会話を拒《こば》んでいるようだ。殺意を抱くほど憎んでいたので、無理もない。

尾形の前の二列目のシートには、岩崎が座っていた。手錠はされているものの尾形は自由に動けるため、岩崎が見張っているのだ。田伏が押し黙っているせいもあり、車内は重苦しい空気が漂っている。

国道４１３号線から県道76号線に入り、道志ダムを渡って山に入った。坂道と急カーブが続く道である。手錠を掛けられた尾形は漫然と車に乗っていると見せかけて、自分の位置情報を頭の中に叩き込んでいた。目隠しをされていないからできることだ。だが、逆に生きて帰れない可能性が高いだけに、機会があれば脱出するつもりだ。そのためにも位置情報は把握《はあく》しておく必要がある。

相模湖カントリークラブの西側を通る県道76号線は登り坂が続いていたが、やがて下り坂になり、周囲は民家がある風景となる。

午前三時七分、道が相模湖に沿った平坦な道になると、塀に囲まれた敷地に入った。敷地は広いらしく、奥は森になっており、五階建ての白い建物が建っている。ホテルのようだが、ひっそりとしていた。夜中だからというわけではない、外灯どころか建物は真っ暗なのだ。

ハイエースはエントランスを通り過ぎ、建物の裏側で停まった。他にも四台の車が停められており、駐車場のようだが雑草が生《お》い茂《しげ》っている。片隅に廃材が積み上げられており、〝相模湖オリンポスホテル〟という看板が捨てられていた。

「着いたぞ。降りろ」

田伏は振り返って言った。

「降りてくれ」

岩崎が浮かない顔で尾形を立たせ、車を降りる。彼は刑務所に残るつもりだったが、田伏がナイフで脅して無理やり連れてきたのだ。岩崎は神谷と畑中らの襲撃に加わっていなかった。にもかかわらず刑務所から姿を消したとなれば、彼が襲撃犯の一味だと疑われるのは必至だろう。田伏もそれを承知で連れ出した。岩崎は戻る場所を失ったのだ。

田伏が裏口のドアを開けた。内部は非常灯のような赤いランプが点灯している。尾形と岩崎と悠太も建物内に入ると、田伏は裏口のドアをロックした。

田伏は黙って廊下を進み、エレベーターホールで立ち止まった。その先にエントランスがあるのだが、フロントのカウンターではなく写真のパネルがある。ここはラブホテルだったようだ。エレベーターは稼働しているらしく、田伏がボタンを押すと五階から降りてくる。その間に田伏はカウンターの上に並べてある鍵をいくつか持ってきた。カード式ではなく、シリンダー錠の鍵である。

「快適さはムショよりは、断然ましだ。ここでしばらく生活してもらう。ただし、ムショなら三食付いてくるが、それは保証できない」

エレベーターに乗り込んだ田伏は、薄笑いを浮かべて四階と五階のボタンを押した。

「おまえらは、四階だ。部屋は自由に使え。だが、言っておくが、この建物から一歩も出るなよ。勝手に抜け出せば、仲間が見つけ出して必ず殺す。この建物の出入りは常に見張っているからな」

田伏は鋭い目付きで岩崎と悠太に鍵を渡した。

「なっ、何を言う。俺たちは仲間だろう？　抜け出す理由がない」

岩崎は悠太と顔を見合わせて、笑って見せた。笑顔とは言えない引き攣《つ》った顔である。

「それならいいんだ。二人にはこれからも働いてもらうつもりだ。正式に仲間と認められたら、悪いようにはしない。スマートフォンは預かっておく。おまえたちを完全に信用したわけじゃないんだ」

四階に到着すると、田伏は岩崎と悠太からスマートフォンを取り上げた。戸惑いながらもエレベーターを降りる二人を気にすることもなく田伏は「閉」のボタンを押した。

「最上階の五階は、相模湖が一望できるデラックスルームのフロアになっています。そこにお招きしますよ」

田伏は急に言葉遣いを改めると、気味の悪い笑顔を浮かべた。

「ちょっと待ってください。私をそのデラックスルームで殺すつもりですか？」

尾形は呼吸を整えながら尋ねる。拉致されてから死は覚悟しているが、いざとなると足が震えだした。

「馬鹿な。最上級の部屋でお持てなしするように、本当に言われているんですよ」

田伏は両手を振って否定した。

「刑務所の独房に閉じ込めておいて、今度はお持てなしですか？　矛盾《むじゅん》していますよね」

尾形は怪訝《けげん》な表情で聞いた。田伏のような悪人の言葉を素直に受け入れるほどお人好《ひとよ》しではないのだ。

「ボスの命令です。私は、正直言って刑務所は気付かれないと思っていましたが、結局甘かった。ボスは警察も動くかどうか調べたかったそうです。それに警察以外の協力者がいるかどうかも知る必要がありました。おかげで、我々は敵を明確にすることが出来たようです。後はボスから聞いてもらえますか」

田伏は肩を竦めてみせた。

五階でドアが開くと、田伏は会釈《えしやく》して尾形を先に歩かせた。エレベーターホールは広々としており、四階と違って廊下は右手の奥からはじまる。この階だけ部屋の構造が違うらしい。廊下の右手は裏の駐車場を見下ろす窓になっている。左手に部屋があるのだが、出入口のドアとドアの間隔が開いていた。一部屋の面積が広いということだろう。

「突き当たりの部屋です」

「はあ」

尾形は後ろを気にしながらも廊下を進み、突き当たりのドアの前で立ち止まった。

「失礼します」

田伏がドアを開けると、尾形の背中を押した。

尾形は恐る恐る薄暗い部屋に足を踏み入れる。灯はランタン型のＬＥＤライトが、テーブルとカウンターの二箇所に置かれているだけだ。大きなソファーが置かれたリビングになっており、ベッドルームは別にあるらしい。リビングの向こうはやたらに広いバルコニーになっており、百二十センチほどの高さのすりガラスの手すりで囲まれている。バルコニーにあるデッキチェアーに男が背中を向けて座っていた。都心にあるラブホテルと違って、リゾートホテルのような造りになっている。

「お連れしました」

田伏が男の近くで頭を深々と下げた。

「ここまで来たということは、うまく行ったんだな？」

男は暗い湖を見つめたまま尋ねた。

「すべて順調です。尾行も完全にまきました」

田伏は姿勢を正して答えた。

「そうか」

男は立ち上がると尾形に近付いた。白髪《しらが》まじりの薄くなりかけた髪、年齢は七十前後だろう。身長は一六五センチほど、三白眼《さんぱくがん》で射るような鋭い目付きをしているが、どこか見覚えのある顔である。

「ご不便をお掛けしました。菅田義直《すがたよしなお》です。部屋を暗くしているのは、このホテルは休業中ということになっているので、目立たないようにしているからです」

菅田は握手を求めてきた。

「……あっ、あなたは、元経済産業大臣の菅田議員じゃないですか？」

尾形は茫然《ぼうぜん》と右手を差し出した。

「今は、本名の尾形四郎と名乗られているんですね。あなたのことはずいぶんと捜しましたよ。渡貫敏充《わたぬきとしみつ》さん」

菅田と名乗った男は、尾形の手を強く握りながらにやりとした。

「なっ！　なんで……」

尾形は言葉を失った。

「あなたは、天才詐欺師というありふれたあだ名ではなく、『詐欺の魔術師』、『詐欺師のプロフェッサー』、『詐欺師博士』など様々な称号ともいえる呼ばれ方をしていた。今日における詐欺の手法の基本は、すべてあなたが考案したといってもおかしくはない。にもかかわらず突然表舞台、というか裏社会からあなたは消えてしまった」

菅田は尾形にソファーを勧めると、壁際にあるカウンターに用意されていたグラスにウイスキーを注いだ。〝響〟の二十一年ものである。

「詐欺師の渡貫敏充は死んだのです。私は困った人の役に立つべく働く尾形四郎です」

尾形は口調を強めて言った。詐欺師として働いていた頃、尾形は渡貫敏充と名乗っていた。そのため、裏社会では未だに渡貫敏充という名が通っているのだ。だが、社内で知っているのは岡村《おかむら》と外山だけである。

「あなたのことは調べ尽くしました。元警視庁の刑事だった岡村茂雄《しげお》の会社で三年半前から働いている。おそらく、岡村は『詐欺の魔術師』であるあなたを利用すべくあなたを引き入れたのでしょう。そもそも岡村は、長年我々の組織のことを嗅《か》ぎ回っている厄介者です。あの男には吐き気がする」

「組織？　なんという組織ですか？」

尾形は岡村が〝リーパー〟というコードネームを付けた組織に違いないと思った。

「我々は〝M委員会〟と呼んでいます。『民主主義を死守する委員会』の略です。口が悪い者は、英語の『murder』、殺人のMだという者もいますが」

菅田は低く笑った。

「その〝M委員会〟が、悠太くんの意を汲《く》んで私を殺害しようとしたんですか？」

尾形は首を捻った。過去の詐欺事件で恨みを買ったとしても、いまさら命を狙われるのは変だと思ったからだ。

「岡村は神谷とかいう元SATも仲間に引き入れて近頃ますます目障《めざわ》りなんですよ。それで、昨年から岡村の殺害を図り、神谷を消し去ろうと色々と画策したわけです。残念ながらうまくはいきませんでした。あなたは巻き添えになっただけですが、あなたにも怯えていただく必要があったのであえてあなたがいる時に狙ったのです」

菅田は苦々しい表情で言うと、ウイスキーが入ったグラスを尾形に渡し、向かいにあるソファーに腰を下ろした。

「狙いは神谷さんだったんですか？　吉本悠太くんの恨みを買った私を狙っていたんじゃないんですか？」

尾形はグラスを受け取ったが、口もつけずにテーブルに載せた。

「吉本はあなたをおびき寄せるための単なる餌ですよ。同時に人質でもあります」

「人質？」

尾形は眉間に皺を寄せた。

「あなたのような天才をいつまでも野に埋《うも》れさせておくのはもったいない。是非とも我々の仲間というか、アドバイザーになって欲しいんですよ。あなたの隠し子である吉本はそのための担保です」

「断ると言ったらどうするんですか？」

「拒まれるのなら、吉本には死んでもらいます。つれないことは言わないでください。これまで我々は色々と苦労したんですよ。芝居掛かったことをしてきたのは、岡村の力を封じ、あなたを彼の手から奪い去る必要があったからです。それに吉本を仲間に引き込んだのは、あなたに彼の現状を知ってもらう必要があったからです」

菅田はウイスキーをうまそうに飲んだ。

「彼が、恵まれない環境で育ったことは充分理解出来ました」

尾形は小さく頷いた。

「彼の力になりたいとは思いませんか？」

菅田はグラスをテーブルに置くと、身を乗り出した。

「もちろんです。彼はまだ若いのです。いくらでもやり直しが出来るでしょう」

尾形は大きく頷いた。

「それなら、昔のように私どもの組織に協力していただけますね」

菅田はテーブルのグラスを取ってにやりと笑った。

「昔のように？」

尾形は首を捻った。

「いくつか協力してもらいましたよ。というかあなたの企画で我々はこれまでも資金を得てきた。たとえば二〇〇二年の西伊豆浮島ホテルの不正融資事件、二〇一三年の世界都市開発の抵当証券販売詐欺。あの二つの詐欺事件だけで、我々の組織はずいぶんと潤《うるお》いました。我々の組織は自由民権党が常に第一党であり続けるために活動しています。だからといって党から資金はもらっていません。むしろ、裏金は我々が用意するほどです。そのため、資金調達は重要な任務なんですよ」

菅田は空になった自分のグラスにウイスキーを注いだ。

「嘘だ。主犯は、片山《かたやま》と川畑《かわばた》ですよ。それに二人とも服役している」

尾形は激しく首を横に振り、立ち上がった。

「彼らは組織の一員です。正確にいえば、資金調達部のメンバーです。詐欺事件で集められた金は被害者に戻ることはない。だから、資金調達方法としては最適なんですよ。それに詐欺事件は長くて十年の服役ですみます。貢献度《こうけんど》によりますが、服役後、彼らは我が組織の幹部になるでしょう。裏切れば処刑されます。あなたは知らないうちに組織のアドバイザーになっていたんです。ここまで内情をお話ししたんです。後戻りはできませんよ」

菅田は薄笑いを浮かべた。

「そっ、そんな……」

尾形は力なく腰を落とした。

湖畔《こはん》の廃墟《はいきょ》

1・八月二十五日AM3：38

午前三時三十八分、道志《どうし》みち。

「うん？」

ラングラーの運転席で眠っていた神谷《かみや》は両眼を見開き、目を細めて周囲を見回した。フロントドアガラスの向こうに木龍《きりゅう》が立っている。目が合うと、木龍は頭を下げた。フロントドアガラスをノックする音で目覚めたのだが、木龍だったのだろう。

「わざわざ来てくれたのか」

神谷は倒したシートを戻し、車を降りた。貝田《かいだ》と外山《とやま》は助手席と後部座席でイビキをかいて眠っている。

彼らはアクアとカローラ・ツーリングの車内の催涙剤を水で洗い流し、雑巾《ぞうきん》で拭き取るなど活躍した。刺激臭もなくなったので、中森らはそれぞれの車で休んでいる。

一時間ほど襲撃を受けた現場周辺を捜索したが、乗り捨てられた白のバネットを発見したものの、頼りにしていたGPS発信機を発見することは出来なかった。捜査状況は畑中《はたなか》に全てではないが報告してある。だが、神奈川県に入ったため、警視庁では今のところ動きが取れないと言う。木龍の部下と行動をともにしているため、詳しく話せないので協力は難しいだろう。もはや万策尽きたと諦《あきら》めて、仮眠を取ることにしたのだ。

「お疲れ様です。お体は大丈夫そうですね」

木龍は神谷の腰の辺りを見ている。簡単に車から降りたので不思議なのだろう。昨日まで車の乗り降りは慎重にしていたので、見違えるほど良くなっている。

「大丈夫だ」

神谷は笑顔で答えた。眠いだけだと言いたいところだが、傷口の痛みはまだある。だが、痛みに慣れてしまったため、普通に行動出来るまでになっていた。

「お迎えに参りました。お車は部下が運転し、会社の駐車場に戻します」

木龍は反対車線に停めてある二台のベンツSタイプを指差した。すぐに帰れるように、方向転換してきたらしい。

「ありがたい。だが、中森さんたちと一緒に帰るよ」

神谷はアクアとカローラ・ツーリングを見た。神谷は寝不足というだけだが、中森らは催涙剤を浴びて目や喉を負傷している。彼らを差し置いて帰るつもりはない。

「お優しい方だ。ご心配はいりません。負傷者も先に帰らせます。車は修理に来た部下が乗って帰ることになっています。修理チームはタイヤを調達するために二、三十分遅れてきます」

木龍は口角を僅かに上げて笑うと、右手を軽く上げた。すると反対車線に置かれているベンツSタイプの助手席から角刈りの男が駆け寄ってきた。

「そういうことなら、お言葉に甘えようか」

神谷は小さく頷いた。貝田らに事情を説明しようと車内を覗いたが、しっかりと眠っているのでそのままにしておく。会社の駐車場に着いても起きないだろう。

「どうぞ」

木龍は道を渡ってベンツSタイプの後部ドアを開けた。

「ありがとう」

神谷は遠慮なく後部座席に収まった。新型のベンツS・ロングタイプである。シートは革張りでヘッドレストにクッションが付いているなど、インテリアは極上である。

「部下がお世話になりました」

車に乗り込んできた木龍が改めて礼を言った。

「俺たちは敵を甘く見ていたようだ。単なる窃盗団とは思っていなかったのだが、敵は更に大きな組織らしい。今回の襲撃でお宅の組織もターゲットになったはずだ」

単純に尾行車の足止めをするために襲撃してきたのではない。犯人らは自分の敵が誰か知ろうとしたのだ。

「ナンバープレートから所有者を割り出すとおっしゃられるので？」

木龍は顔色も変えずに言った。

「敵は陸運局にパイプがあるのか、ハッキングするノウハウがあるはずだ」

「それなら、ご心配には及びません。所有者が辿れないように書類は書き換えて登録してあります。我々は敵対勢力だけでなく、警察も敵に回すこともありますから」

木龍は息を漏らすように笑った。

「陸運局のサーバーをハッキングしても無駄足なのか？」

神谷は両眼を見開いた。

「まったく意味がありません。911代理店のお嬢様でも無理ですよ」

木龍は頷いた。彼は玲奈《れいな》のこともよく知っているのだ。

車は国道413線号線から国道412号線に入った。

「よろしかったら、コンビニに寄りますよ。この辺りは412号線沿いにあるだけですから」

木龍は神谷を見て言った。二十分ほどで中央道高速道路に乗ることができる。乗ったら帰るだけだ。

「コーヒーが飲みたいな。それに腹も減っている。この辺の地理に詳しいようだな」

神谷は感心して尋ねた。自慢ではないが、東京以外の地理には疎《うと》いのだ。

「まあ、それなりに歳はとっていますから。それにこの辺りは我が社のイベントで何度か来たことがあります。都心から近いのにキャンプ場や温泉もありますから」

木龍はすました顔で答えた。

「イベントねえ」

神谷は苦笑を浮かべて頷いた。組が主催の催《もよお》し物らしいが、いかつい男たちがキャンプファイヤーをしている姿が想像出来ない。

ベンツはコンビニの駐車場に停車した。

「襲撃場所は待ち伏せに最適だった。計画を立てた者は、土地勘があったんだと思う」

神谷は車を降りながら言った。

「そこなんですがね。私も土地勘がなければ、あの場所は選ばないと思います。ただ、計画を立てた人間だけが、あの場所を知っていたのでしょうか？」

木龍は腕組みをして首を捻った。

「うん？　……そういえば、あの場所で待ち伏せをしていたグループと尾形さんを連れ出したグループは、いつ打ち合わせをしたのだろう。もっとも、待ち伏せした連中があらかじめ準備して、場所を連絡すればいいのか。だが、待ち伏せグループが都内にいたら先回りは難しいかもしれないな」

神谷は何度も頷いた。

「待ち伏せグループに土地勘があり、この近くにアジトがあるとすれば、納得ですね」

木龍も大きく頷いた。

「悪いが、引き返してくれ」

神谷は後部ドアのノブに手を掛けた。

「コーヒーはよろしいんですか?」

木龍はコンビニを指差した。美味《うま》い不味いは別にして最近大抵のコンビニは、豆からコーヒーを出してくれる。

「やっぱり、コーヒーは買おう」

神谷は頭を掻いて笑った。

2・八月二十五日AM4:15

午前四時十五分、道志みち。

神谷らは再びトンネル前に戻っている。

貝田と外山が乗ったラングラーは先に帰らせた。猿渡《さるわたり》と香川《かがわ》と筑紫《つくし》の三人は、ベンツに乗せられて戻っている。カローラ・ツーリングはアクアのパンク修理が終わり次第、心龍会傘下の自動車修理工場に直行するそうだ。

車の修理をする木龍の四人の部下が、機材を積んだ日産キャラバンのワイドボディで数分前に到着している。ワイドボディの荷台は後部シートを折り畳めば、荷室容量が八千四百リットルと小型トラック並みである。自動車修理工場から派遣されたらしい。

彼らはアクアの前輪の交換を始めているが、まるで自動車レースのコクピットで働く整備士のような見事な手際で作業を進めている。

神谷と木龍、それに居残った中森の三人はキャラバンの荷台にスペースを作り、ブルーシートを敷いて車座に座っている。

三人はコンビニで購入した相模原市の地図を見ながら打ち合わせをはじめたところだ。

「尾形さんは別の車に乗せられたはずだが、我々はここに到着するまで対向車とすれ違わなかった。到着してからも反対方向から来た車両はなかった。ということは、アジトはここから東にはないと見て間違いないだろう」

神谷は地図に赤いマジックペンで国道413号線の東のエリアを線で囲み、その中に斜線を引いた。

「その前にアジトの範囲を絞り込みませんか？　土地勘があるということで、三、四十分以内にここまで来られるエリアと見ていいんじゃないですか？」

中森が提案した。彼もこの辺りの地理に明るいらしい。

「ここからは、どこに行くにも山道です。直線で七キロとしたら、実際はその倍の十四キロ近くあります。昼間なら二十数分、夜間なら三十分は掛かります。とすれば、せいぜい半径十キロ以内というところでしょう」

木龍は赤のマジックペンで、トンネルを中心に半径十キロの円を描いた。

「なるほど、東は消えた。それに南は丹沢山《たんざわやま》で車は入れないな」

神谷は国道413号線の南側も斜線を引いた。

「北は相模湖畔から上野原《うえのはら》市まで意外と範囲は広いです。西側は国道413号線沿いの道志村です。民家は少ないですが、キャンプ場は沢山《たくさん》あります。テントではアジトにはならないと思っていましたが、調べてみるとキャンプ場といってもログハウスもあります。それに最近はオートキャンプ場もいくつか出来ています。意外と隠れ家になるかもしれませんね」

中森はスマートフォンの地図アプリを見ながら言った。

「ここまで追ってきたのに、絞り込みは難しいな」

神谷は首を振ると、左手に持っていたコーヒーを啜《すす》った。

「どうされますか？　相当お疲れだと思いますが」

木龍は渋い表情で尋ねた。一旦会社に帰ることを暗に勧めているのだろう。

「戻るつもりはない。もし、尾形さんが拉致犯の目を盗んで連絡してきたら、すぐ駆け付けたいんだ。それにダメ元でも朝から聞き込みをしたい」

神谷は地図を見ながら答えた。

「聞き込みをするには、ある程度頭数を揃える必要がありますね。引き続き探偵事務所と警備会社から人を出しましょう。奥山《おくやま》も復帰しますので十人は確保できます」

木龍は頷いているが、いつもの渋い表情だ。聞き込みは地道な捜査である。十人の助《すけ》っ人《と》が手配できても足りないことが分かっているのだろう。

「捜索範囲は広いが、北に行くには76号線、西に行くには413号線しかない。76号線は地図で見る限りはただの山道だが、413号線はそれなりに舗装されて整備状態もいい。ひょっとしてどこかに防犯カメラがあるかもしれない。襲撃を受けたのは午前二時二十四分だ。この時間を基本にし、防犯カメラの映像を調べれば逃走車も特定できるだろう。場所にもよるが、何も映っていなければ413号線に逃走車は行ってない可能性も考えられる」

神谷は言ってみたものの自分で首を傾げている。道志村のキャンプ場に入られたら行方は追えない。キャンプ場や温泉などの施設の手前で確認を取らなければ意味がないだろう。そもそも都合よく道路に向いている防犯カメラがあるとは思えないのだ。

「実際に行かなくても防犯カメラの有無は確認できるかもしれませんよ」

スマートフォンをいじっていた中森が言った。

「どういうことだ？」

木龍がじろりと見た。

「グーグルのストリートビューですよ。ストリートビュー上で、413号線を確認してみます」

中森は指先を動かし、スマートフォンの映像を進めている。

「それはナイスアイデアだ。たいていは昼間の映像だから確認出来るかもしれない」

神谷が中森の左脇から覗き込んだ。

「家や車が勝手に世間に晒されている。プライベートも何もあったもんじゃねえな」

木龍は、中森の肩越しにスマートフォンの画面を見て鼻先で笑った。

画面の413号線の周囲は森や畑、石垣など長閑《のどか》な風景が続く。

「なかなか厳しいですね。お店もありませんし、このあたりの民家の軒先に防犯カメラがあるとは思えません。幹線じゃないのでNシステムもありませんよね」

中森はぶつぶつ言いながら映像を前に進める。雑木林を抜け、ちらほらと民家が増えてきた。小さな街というか村に入ったようだ。二つ目のトンネル出口から一・五キロほど進んでいる。

「そこっ！　ちょっと戻ってくれ」

神谷は声を上げた。

「はい！　あっ！　……これはひょっとしますよ」

中森が笑みを浮かべた。消防署があったのだ。拡大すると、二台の小型消防車と救急車が一台停められている。

「消防署なら、防犯カメラは必ず付いている」

神谷は自分のスマートフォンを手にすると、腕時計を見て溜息を吐いた。

午前四時二十一分になっている。玲奈なら消防署のサーバーをハッキングして監視映像を見ることは出来るはずだ。だが、午前二時には寝てしまう。今電話を掛けて起こしたら、目覚めるのは沙羅《さら》かもしれない。だとしたら、次に玲奈が目覚めるまで約十四時間半も待たねばならないのだ。

「あのお嬢さんを起こすつもりですか？」

木龍が首を横に振った。玲奈と面識があるかは知らないが、彼女の性格はよく分かっているようだ。熟睡中の彼女を叩き起こすような真似《まね》をしたらどうなるか分からない。以前必要に迫られ、貝田に玲奈を起こさせたことがある。目覚めた彼女はいきなりキレて、貝田を殴った。膝蹴りも入れたような気がする。貝田はノックアウト、その場で昏倒した。

「そのつもりだ」

神谷はスマートフォンを見つめたまま考えた。殴られる心配はないが、玲奈に精神的な悪影響を及ぼさないか心配している。彼女は強がっているが、ガラスのハートなのだ。だが、尾形の身に危険が迫っている可能性を考えれば、猶予《ゆうよ》はない。

「電話しよう」

神谷は玲奈に電話を掛けた。玲奈と沙羅は別々のスマートフォンを持っている。神谷のスマートフォンにも、二人の電話番号が登録されていた。眠る際は自分のスマートフォンを枕元に置くと沙羅から聞いたことがある。今の時間に電話を掛ければ、玲奈のスマートフォンが鳴るはずだ。

呼び出し音が続く。深い眠りについているようだ。

――……誰？

不機嫌そうな声である。だが、それだけでは玲奈とは判断できない。

「神谷です。起こしてすみません。緊急の用件なのです」

神谷は出来るだけ刺激しないように丁寧に言った。

――神谷さん？　何の用？

まだ不機嫌である。間違いなく玲奈だ。

「尾形さんを拉致した車を追って、相模原市まで来ている。76号線と413号線のどちらに進んだのか調べる必要があるんだ」

――分かったわ。パソコンを立ち上げる。その間、詳しく教えて。

玲奈の声がはっきりしてきた。精神的には安定しているようだ。

「助かったよ。無理言ってすまない」

神谷が右拳を握ると、固唾《かたず》を呑んで見守っていた木龍と中森も拳を握りしめた。

――相模原市消防署○○分署ね。今、サーバーに入ったわ。襲撃現場から一・五キロしか離れていないから、監視映像は、午前二時二十四分から二時三十分までで大丈夫ね。

キーボードの軽やかな音が聞こえる。

――二時四十分まで確認したけど、通った車はないわね。他にも調べることはある？

玲奈は淡々としている。いつもの調子だ。

「ありがとう。今はそれだけ分かれば、充分だよ」

――一つ貸しね。ご馳走して。

通話は切れた。

「残るは、北側。76号線に絞ってもよさそうだ」

神谷は木龍と中森を交互に見た。

3・八月二十五日AM4：20

午前四時二十分、相模湖湖畔。

尾形は真っ暗な部屋のソファーで、まんじりともせずに座っていた。さすがに手錠は外してもらったが、受刑服は着せられたままだ。

田伏《たぶせ》からデラックスルームと言われただけに五十平米ほどの広さがあり、ベッドルームはリビングとは別にある。しかもダブルベッドだったが、眠る気にはなれなかった。

「そろそろいいか」

腕時計で時間を確かめた尾形は、ゆっくりと立ち上がる。廃墟ホテルに到着してから、一時間以上経った。ソファーに座ってひたすら耳を澄ませていたが、隣室のイビキ以外聞こえない。電源は確保されているらしいが、空調は動いていないせいもある。そのため、館内は恐ろしく静まり返っているのだ。

五階はすべてデラックスルームで、六部屋だけらしい。菅田の部屋はエレベーターホールから一番遠い東側の五〇七号室、尾形は二つ隣りの五〇五号室であった。隣室の五〇六号室は田伏が使っており、イビキは三十分ほど前から聞こえている。ちなみに部屋番号の末尾に四という数字は使われていないようだ。

尾形は出入口のドアを開けて、廊下を窺った。田伏から見張りを立てていると言われたが、廊下には誰もいない。バルコニーに出て外の様子を知りたかったが、傷《いた》んでいるサッシが音を立てるので諦めた。そのため、いきなり部屋を出る他ないのだ。

周囲を窺いながらエレベーターホールの階段を下りる。尾形は四〇五号室の前に立つと、軽くノックした。田伏がエレベーターの中で悠太《ゆうた》に渡した鍵の番号をしっかりと見ていたのだ。

「何の用だ？」

ドアが開き、悠太が隙間から顔を覗かせた。

「話がしたいんです」

尾形は囁くように言った。廊下だけに声を出すだけで響くような気がするのだ。

「話すことはない。帰れ」

悠太はドアを閉めようとした。

「頼みます。君の命に関わることなんだ」

尾形はドアに足を挟んだ。

「俺の命？」

悠太は首を傾げた。

「頼むから入れてください。こんなところを見られたら、二人とも田伏に殺されてしまいます」

尾形は必死に言った。

「……分かった」

悠太は渋々ドアを開けた。

「ありがとう」

尾形はすり抜けるように部屋に入る。

「はっ！」

両眼を見開いた尾形は、両手で頭を覆《おお》った。

部屋の片隅から鉄パイプを振り上げた男が出てきたのだ。

「岩崎《いわさき》さん！」

悠太が右手を上げて制した。

「すまない。田伏だと思ったのだ」

岩崎は鉄パイプを下ろした。

「武器は、今は必要ありません。ちょうどいい、お二人に話がしたいんです。お座りください」

尾形は二人にベッド前のソファーに座るように右手を伸ばした。部屋は二十一平米ほどだろう。ビジネスホテルに比べれば広い。

「何の話だ。ふざけるな」

悠太は声を荒らげた。

「私への恨みは、ここを脱出したらいくらでも聞きます。今は、私の話をまず聞いてください」

尾形はもう一度、右手を前に出した。

「悠太、話を聞こう。俺たちは崖《がけ》っぷちだ」

岩崎は悠太の肩を摑んでソファーに座らせた。

「ありがとうございます。さきほど、田伏のボスから話を聞きました。彼は悠太くんと私の関係を利用したのです」

尾形は二人を刺激しないようにベッドに座った。

菅田《すがた》からラブホテル跡を利用し、総額五百億クラスになる相模湖の再開発計画を立てて欲しいと言われた。詐欺とは疑われないような巧妙な手口で地銀を巻き込み、計画をわざと破綻《はたん》させて最終的には二百億円ほど回収不能にするのだ。それをまるまる組織の資金にするという。計画が進行している間は、悠太を優遇するというのだ。

「関係？　回りくどい言い方をするなよ」

悠太は尾形の足元に唾《つば》を吐いた。

「君の存在を知ったのは、つい最近です。だからと言って責任逃れをするつもりはありません。頼みますから、先に話をさせてください」

尾形は手を合わせて言った。

「悠太、ちゃんと聞けよ」

岩崎が悠太の肩を叩いた。

「すみません。詳しく話せば長いので割愛《かつあい》しますが、要は私を仲間に引き入れるために悠太くんを利用したのです」

尾形の言葉に岩崎と悠太は顔を見合わせた。話を簡略にし過ぎたようだ。

「私はかつて詐欺のアドバイスをして服役したことがあります。その詐欺事件で、田伏とそのボスが属している組織は何億もの利益を得たのです。やつらはそれに味をしめ、私に新たな大規模詐欺を計画しなければ、悠太くんを殺すというのです。おそらく、田伏の態度からして、岩崎さん、あなたも殺すでしょう。この組織のボスに、はっきりと悠太くんは人質だと言われたのです」

尾形は悠太の目を見て言った。

「何億も稼げるなら、やればいいだろう」

悠太は肩を竦めて、鼻息を吐き出した。

「私は二度と、人を騙し、悲しませるようなことをしたくないんです。お金なんてどうでもいいんですよ。とにかく、あなた方に安全に逃げて欲しいんです」

尾形は両手を何度も振って訴えた。

「実は俺たちもそれを考えている。田伏はマジで危ないやつだ。本気で俺たちを殺すだろう。三十分前に俺はこのホテルをうろついてみた。だが、一階に見張りが立っていたんだ。しかもそいつらは銃やクロスボーを持っている。素手じゃ敵わない」

岩崎は右手を銃の形にしてみせた。

「何人いたんですか？」

尾形の顔が曇《くも》った。脅されたもののどこまで本気か分からなかったが、話を聞いて相手の凶悪さが理解できた。

「俺が確認できたのは、四人だ。他にもいるかもしれない。ここから脱出するのは不可能だよ」

岩崎は頭を抱えた。

「せめてスマートフォンがあれば、仲間に知らせられるのにな」

尾形は大きな溜息を吐いて、天井を仰いだ。

「俺、こんな物を見つけたんだ」

悠太はアルミホイルの塊《かたまり》をポケットから出した。

「なんだ、それ？」

岩崎は悠太の掌からアルミホイルの塊を摘んだ。

「刑務所の職員宿舎で眠れなくて、ずっと外にいたんだ。そしたら、俺たちが乗っていた車にドローンが着陸したんだ。すぐに離陸したんで、怪しいと思って見に行ったらこれが車のトップにくっついていた。その時はアルミホイルが手元になかったから出来なかったけど、車を乗り換える時に剝がして持ってきたんだ」

悠太は岩崎から取り上げると、アルミホイルの中から五百円玉ほどの大きさの物を出した。

「GPS発信機かもしれないな。一体誰がつけたんだ？　警察はそんな手の込んだ真似はしないはずだ」

岩崎は肩を竦めた。

「間違いなくGPS発信機だと思う。だから、職員宿舎から持ち出したアルミホイルを折り畳んで用意していた。前に、映画で見たことがあるんだ。アルミホイルで包めば、電波が遮断されるんだ。持ってくれば、何かの役にたつと思ったんだよ」

悠太は気取って人差し指でこめかみを叩いた。頭は切れるようだ。

「たぶん、もう役に立っていると思いますよ」

尾形はにこりとした。アルミホイルから出したのならGPS発信機の信号は正常になるだろう。会社はドローンを所有していないが、神谷が動いているに違いない。

ドアがいきなり開き、田伏が入ってきた。

「三人揃って逃げる算段か？　よほど死にたいらしいな」

田伏はポケットからジャックナイフを出し、回転させて刃を出した。

「近寄るな、田伏！」

立ち上がった岩崎は、鉄パイプを振り上げた。

「馬鹿が」

田伏は、いきなり目にも留まらない速さでナイフを岩崎の腹に数度刺した。

「………」

岩崎は声も上げずに仰向けに倒れた。悲鳴を上げる暇もなく瞬殺されたのだ。

「おまえは、死体を片付けるのを手伝え。尾形さん、部屋に戻ってもらえますか？　あなたは客人だが、マナーを守ってもらわないと同じ目に遭わせますよ」

田伏は岩崎の頭を靴の先で蹴って凄んだ。

「……分かりました」

渋々認めた尾形は、悠太と肩をぶつけるように擦れ違って部屋を出た。

「頼みましたよ」

尾形は右手に隠し持っていたGPS発信機を拝むと、ポケットに入れた。悠太からすれ違いざまに受け取ったのだ。

4・八月二十五日AM4：52

午前四時五十二分、相模湖湖畔。

相模川河口に架《か》かる勝瀬橋《かっせばし》の手前にベンツが停められると、キャラバンのワイドボディ、アクア、カローラ・ツーリング、最後にラングラーが次々と停止した。

貝田と外山はラングラーで眠っていたので帰らせたのだが、彼らは中央自動車道に乗ったところで目覚め、運転手である木龍の部下に頼んで八王子インターチェンジで下りてUターンしたそうだ。彼らを帰らせた時点では手掛かりを失ったと思っていたが、戻ってきたときには新たな動きがあったために都合がよかった。

また、木龍は修理工場からやってきた四人の男たちも連れてきた。

午前二時二十四分に中森らが襲撃された直後、バネットに取り付けておいたGPS発信機の信号は途絶えていた。だが、三十分ほど前に突如復活したのだ。

「まだ、信号は生きていますね」

横に立った木龍は、自分のスマートフォンのGPS発信機のアプリを神谷に見せた。

「相変わらず、〝相模湖オリンポスホテル〟にあるな」

神谷はアプリを見て頷いた。

道志みちのトンネル前から三十分ほどで移動している。その間に、木龍が相模湖周辺の地域情報を収集した。〝相模湖オリンポスホテル〟は相模湖の南岸に位置するリゾートホテル風のラブホテルだったが、三年前に廃業している。また百メートルほど手前にあった別のラブホテルも二年前に廃業していた。道を挟んでもう一軒ラブホテルがある。二つの同業者が潰れたが、そのホテルは現在も営業していた。場所柄観光客向けでそれなりに需要があるのだろう。

相模湖の北岸に沿って通る甲州街道からは、勝瀬橋で相模川を渡った交差点を左折し、湖の南岸に出る道に入る。だが、道路は〝相模湖オリンポスホテル〟を過ぎてしばらくすると行き止まりになってしまう。交通の便は悪く、夜ともなれば寂しい場所なのだ。

「待ち伏せでしょうか？」

木龍はいつにも増して渋い表情で言った。

「そう疑うのは当然だ。少なくとも発信機を車のトップから外したのは、尾形さんじゃないことは言える。これまで信号が途絶えていたということは、破損していない限り、電波が遮断されていたということだ。つまり、発信機の機能を知った上で何らかの手段を講じた。それを誰が再開させたかが問題だな」

神谷も険しい表情で答えた。移動しているのなら確認できるだろうが、位置が変わらないことを怪しむべきである。楽観的ではあるが、寝返った悠太がGPS発信機を再稼働させた可能性も考えられた。

「とりあえず、中森に現場の偵察をさせます。我々は作戦室に行きましょうか」

木龍は車を降りた。作戦室とはキャラバンのことである。工具をバックドア側に寄せたので広いスペースが確保出来たのだ。

神谷は雨空を見上げた。日の出は午前五時六分だが、辺りはまだ暗い。その上雨が降っている。気温は二十度前後だろう。雨に濡れても体が冷えるほどではない。激しい雨ではないが視界を奪うには充分である。天候は味方してくれるはずだ。

機動隊時代に立てこもり事件を想定した訓練が行われたが、犯人が疲れて眠っている夜明け前に突入する。深夜では同士撃ちもありうるので、ある程度視覚は確保された方がいいのだ。米軍なら暗視ゴーグルを使用するだろうが、予算が限られている警察では肉眼が頼りである。

「雨は大丈夫なのか？」

神谷は車の後部でドローンの準備をしている中森を見て首を捻った。一般的にドローンは「雨が一滴降っても飛行中止」と言われるほど悪天候に弱いからだ。全長は四つのプロペラを入れても五十センチほどと、前回見たドローンよりかなり小型である。

「民間機は去年まではそう言われていましたね。これは最新の全天候型４Ｋドローンで、モーターも強いので少々の風でも平気です。その割にモーター音は静かなんですよ。夜間なら数メートル先を飛んでいても気付かれません。モニターは作戦室にも用意しました」

中森は慣れた手つきでドローンを車のトップに載せると、離陸させた。

「神谷さん、私も映像を見ていいですか？」

ラングラーから降りてきた外山が、駆け寄ってきた。

「もちろんです。一緒にキャラバンの中に入りましょう」

神谷は外山を連れて、キャラバンの荷台に乗り込んだ。ブルーシートの上にノートＰＣが置いてあり、ディスプレーにドローンの映像がすでに映り込んでいた。

「はっ、入ります。よろしくお願いします」

神谷に続いて乗り込んだ外山は木龍に頭を下げ、靴を脱いだ。木龍が奥の方に鬼瓦《おにがわら》のような顔で座り込んでいるので恐れているのだろう。「あれが素なんだよ」と教えてやりたいが、いちいち説明するのも面倒である。

「失礼します」

中森がキャラバンのバックドアを開け、雨を避けるためにその下に入った。車が大きいだけにバックドアは、タープテントの代わりになるのだ。

「一階の玄関は封鎖されています。バルコニーからの侵入は簡単ですね。しかし、目視されやすい。いけない、五階のバルコニーに人がいる。見張りだな。なるほど、そういうことか」

外山はドローンの映像を見ながら呟いた。彼は職人気質のスリとしてだけでなく、泥棒としても超一流だったそうだ。建物を一目見ただけで構造的な問題点を分析し、どこから侵入したらいいかすぐ分かるらしい。

ドローンは〝相模湖オリンポスホテル〟の上空を時計と逆回りで旋回している。

「ホテルの外にも見張りがいるぞ。しかもクロスボーを持っている。目視出来る見張りは二人だけだが、他にも武器を携帯している連中がたくさんいると見ていいな」

神谷は右眉を吊り上げた。

「武器が必要なら用意してきましたよ」

木龍は表情も変えずに言った。以前、彼に「チャカはいりますか？」と真面目な顔で言われたことがある。「チャカ」とは銃のことである。普段話していると、一般人と変わらないと思うことがあるが、本質はヤクザなのだ。

「飛び道具じゃないものはあるか？」

神谷はさりげなく尋ねた。

「ヤッパ、なら……」

木龍はボソリと言って肩を竦めた。「ヤッパ」はナイフのことだが、拳銃を勧めるつもりだったに違いない。

「特殊警棒と〝オサー〟ならありますよ」

中森が答えた。ドローンを操作しながら聞いていたようだ。

「オサー？」

神谷は首を傾げた。

「オサーか。忘れていた。ロシア製の非致死性拳銃のことです。ラバー製の銃弾を四発装塡できます。射程はせいぜい十五メートルほどですが、至近距離で頭部に当てれば殺傷能力もあります。ASLOOK警備保障で現金輸送をする際には持たせています。輸入も禁じられているので、ロシアンマフィアから仕入れましたよ」

木龍は「非致死性」というところで笑った。自分の勧めた実弾を使う「致死性」の銃とは違うからだろう。というか、殺傷能力のない銃を馬鹿にしているのかもしれない。

「それはいい。侵入は私、それに中森さんもいいかな？」

神谷は木龍と中森を交互に見て尋ねた。

「もちろんです」

中森は嬉しそうに答えた。

「私も行きます。侵入経路は私なら案内できます」

外山が右手を上げた。彼は社内では尾形と一番親しい。

「道案内はありがたいです。しかし、中に武装した連中が、何人いるか分かりませんよ。

危険に対処できますか?」

神谷は外山に向き直って尋ねた。彼に格闘技や射撃の経験があると聞いたことはない。

「それは……」

外山は言葉に詰まった。

「待てよ。いい考えがある。手伝ってもらいましょう」

神谷は外山の肩を笑顔で叩いた。

5・八月二十五日AM5:05

午前五時五分、相模湖湖畔。

神谷はケブラー3Aレベルのボディアーマーを着用し、腰には〝オサー〟のホルダーと特殊警棒のシース、それに手錠ケースが付けられたベルトをしている。さらに両腕に防刃プロテクター、両手には防刃手袋を装着した。

ケブラー3Aレベルは、9ミリの銃弾まで防ぐことができる。英語の仕様書には44マグナムまでと記載されていた。だが、弾丸は貫通しないだろうが、44マグナムの衝撃で肋骨は確実に折れるだろう。最後に暗視ゴーグルと予備のボディアーマーを収めた迷彩のバックパックを背負った。予備のボディアーマーを二つ用意したのは、一つは尾形のためだが、もう一つは悠太用である。彼が尾形に恨みを持っていようがいまいが関係なく、連れ帰るつもりだからだ。

これらの装備はＡＳＬＯＯＫ警備保障の警備員の装備である。装備を積み込んだアクアを持ち込んだのは理由があったのだ。

「行こうか」

神谷は同じ装備を身に着けた中森に言った。雨はまだ降っている。だが、日の出時間を過ぎただけに、空は次第に明るくなってきた。

二人はバラクラバを被った。通気性のいい素材で出来ているが、防刃ではない。正式の捜査でもないし、私有地に無断で侵入するため顔を隠す必要があるのだ。

「道案内は任せてください。艦長」

キャラバンのバックドアの下にいる貝田が元気よく言った。例のごとくゾーンにはいっているのだ。彼は中森の代わりにドローンを操作している。資格を持っていると言っていた通り、確かに充分なスキルを持っていた。傍で外山がノートＰＣの画面でドローンの映像を見ている。彼はドローンで神谷と中森を案内するのだ。四人はそれぞれ無線機で繋がっている。

「頼んだぞ」

苦笑した神谷は親指を立てると、走り始めた。手術後走るのは初めてだが、アドレナリンのせいか問題はなさそうだ。神谷と中森は勝瀬橋の袂《たもと》から湖沿いの道に入る。左手に営業中のラブホテル、右手に廃業したラブホテルが建っている。その間を駆け抜けて道路のカーブの手前で立ち止まった。

カーブに沿って右方向に五十メートル進めば、〝相模湖オリンポスホテル〟の駐車場入口になる。だが、のこのこと正面から乗り込むことは出来ない。五階バルコニーの見張りに容易く発見されるだろう。

二人はバックパックから、暗視ゴーグルのヘッドギアを出して頭に装着した。スイッチを入れて、正常に動作していることを確認すると、廃業したラブホテルに沿って森に入った。森は思いのほか深く暗い。その上、容赦無く木の枝や雑草が顔を叩く。バラクラバを被ったのは、素肌を晒さないようにするためでもあった。

五十メートル進んだところで、〝相模湖オリンポスホテル〟の百六十センチほどの高さのブロック塀に突き当たる。ホテルの敷地は東西に長く、北側が相模湖に面していた。塀に沿って南側の森まで進むと、神谷は暗視ゴーグルを外して塀の上から敷地内を覗き込む。ホテルの裏側は雑草の生えた駐車場になっており、五台の車が停められている。ドローンでは裏口近くにクロスボーを持った男を一人だけ確認出来た。だが、実際は裏口のすぐ近くにもう一人いる。コンクリートの庇が邪魔で確認出来なかったのだろう。

神谷と中森はさらに進み、敷地の東側に回り込んだ。

「こちらピカード、スポック応答せよ。侵入ポイントに到着した」

神谷は無線で外山に連絡をした。貝田がどうしても〝スタートレック〟シリーズに登場する主役クラスの乗員の名前をコードネームとして使いたいと言い出したのだ。彼の場合、ふざけているわけではないので仕方なく付き合っている。

ちなみにスポックはバルカン人で、中森は副艦長であるライカーという設定になっている。外山と中森も同番組のファンだったらしく、違和感なく受け入れたので神谷は従うほかなかった。

——こちらスポック。西側に人影はありません。侵入してください。

外山からの返事である。

ドローンで観察した結果、二階から四階までは一フロア十二部屋、五階は六部屋という構造が分かった。一階にも部屋があるようだが、木々や雑草が邪魔でよく分かっていない。また、バルコニーの窓越しに室内を赤外線センサーで調べてある。二階から四階までは建物の中央に廊下があるため、バルコニーがある北側の部屋だけ探索できたのだ。五階では三部屋に人が確認されており、四階にも一部屋あった。いずれも一人で使用している。三階は無人、二階は二人ずつ使っている部屋が三つあった。

裏口近くの二人の見張り、五階のバルコニーの見張り、合わせて三人、それに室内に十人、あわせて十三人を確認したが、それ以上いる可能性はある。

また、GPS発信機の信号の位置は、五階か四階かは分からないが、建物のほぼ中央を示している。そのどちらかに尾形が拘束されている可能性は高い。

そこで、まずは四階の一人部屋に侵入して人物を確認する。もし、尾形なら、そのまま侵入経路を逆に辿って脱出し、そうでないのなら尋問するのだ。侵入する目的は、あくまで尾形の救出で、敵の殲滅《せんめつ》どころか交戦も望んでいない。

「了解」

神谷はブロック塀を飛び越えると、低い姿勢で十メートル先の金網のドア前まで全力で走る。このホテルは館内にも階段があるようだが、建物の東側に外階段もあった。一階から二階までは金網で覆われており、外から侵入出来ないようになっている。ドローンで建物を観察した外山は、侵入口はここしかないと判断したのだ。

神谷はシリンダー錠の鍵穴に潤滑油を流し込むと、ピッキングツールを差し込んだ。案の定錆《さ》び付いていたが、潤滑油のおかげで難なく開けられた。

「こちらピカード、侵入ポイントから潜入」

神谷と中森は、非常階段で四階まで上がった。

——こちらスポック、了解です。残念ながら本機のエネルギーがなくなりましたので帰還します。

外山からドローンは先に撤収すると連絡が入った。偵察で時間を取ったから仕方がない。

四階の非常口のドアの鍵もピッキングツールで解錠した神谷と中森は廊下を進み、四〇五号室の前で立ち止まった。神谷がピッキングツールを出すと、中森はそのすぐ後ろで〝オサー〟を抜いて構える。

神谷が音を立てないように鍵を開けると、中森がドアを開けて侵入した。神谷も〝オサー〟を抜いて続く。

暗闇から現れた男が、いきなり中森に襲い掛かる。

中森は〝オサー〟を叩き落とされたが、男を背負い投げで床に叩き伏せた。

「くそったれ！」

男は中森に押さえつけられてもがいた。

神谷は〝オサー〟をホルダーに差し込むと、すかさず男の口元を手で押さえた。

「君は吉本悠太くんだね。大声を上げないでくれ」

跪《ひざまず》いた神谷は、静かに言った。

「俺を殺すのか？」

悠太は体を揺さぶりながら神谷を睨みつけた。

「我々は尾形さんを救出しに来た者だ。君の立場は知らないが、一緒に脱出しないか？」

神谷はバラクラバを剝ぎ取って尋ねた。

「あんたは、911代理店の……」

悠太は神谷の顔を見ると、体の力を抜いた。神谷のことが分かったらしい。

中森は神谷を見て頷くと、悠太の体を起こして自由にした。

悠太は胡座をかくと、神谷から視線を外した。ふてくされているというわけでもなさそうだ。

「尾形さんとの経緯を我々はよく知らないが、君が犯罪集団と縁を切ることを彼は切に願っていた。尾形さんの救出に手を貸してくれないか？」

神谷は悠太の正面に腰を下ろして言った。

「あの男が、俺のことを考えているなんて白々しい嘘をつくなよ」

悠太は舌打ちをした。

「尾形さんは、本当に君のことを知らなかったらしい。だが、君に命を狙われたにもかかわらず、彼は君の名義の銀行の預金通帳を作って入金していた。金で罪滅ぼしをするつもりはないと言っていたが、何かしてやりたい一心なんだよ。そもそも、殺されるかもしれないと分かっていて、尾形さんは君に会うために拉致されたんだろう？」

「……あの人は危険を冒して俺に会いに来てくれた。さっきもそうなんだ。だから、俺は車に付いていたＧＰＳ発信機を渡した」

しばらく黙っていた悠太は、小さな声で答えた。やはり長身の彼がＧＰＳ発信機を車から外したようだ。

「尾形さんは五階にいるのか？」

神谷は悠太の肩を摑んで尋ねた。予想はついているが、確認出来ればと思っている。

「五階にいると思う。田伏に命令されて部屋に戻ったはずだから」

悠太は「田伏」の名を出した途端、さらに小さな声になった。

「悪いがこれを着て一緒に来てくれ。見張りが飛び道具を持っているんだ」

神谷は自分のバックパックから予備のボディアーマーを出して悠太に渡した。

「……ありがとう」

悠太は小さく頭を下げた。

6・八月二十五日AM5：18

午前五時十八分、〝相模湖オリンポスホテル〟。

神谷と中森、それに悠太の三人は非常階段を使わずにエレベーターホール脇の内階段で五階に上がった。

尾形は五階の五〇五号室にいると思われる。だが、五〇六号室と五〇七号室のどちらかに凶悪な田伏がいる可能性が高い。どちらも外階段に近いため、内階段を使ったのだ。

神谷は五〇五号室の鍵をピッキングツールで開けた。中森が〝オサー〟ではなく、特殊警棒を抜いて突入する。

〝オサー〟は最終兵器で敵が銃を持っていた時だけ使える。というのも、薬莢《やっきょう》にゴム弾が埋め込まれてはいるが、実弾と同じで火薬を使う。発砲音は拳銃並のため、一旦使えば敵に所在を知られてしまうからだ。そうなれば、銃撃戦も覚悟しなければならない。実弾相手では、圧倒的に不利である。

四〇五号室に突入した際、二人とも〝オサー〟を所持していたのは失敗であった。相手が銃を持たない場合は、銃で塞がった右手が使えないからだ。しかも五階には尾形以外に三人の敵がいる。物音をさせないように慎重にならざるを得ない。

〝オサー〟を手にした神谷が続き、最後に悠太が侵入する。立派なリビングは無人で中森が左手にあるドアの前に立っていた。ベッドルームに違いない。

ちらりと神谷を見た中森が、ドアを開けて入って行く。神谷は悠太に出入口近くにいるように指示すると、援護のためベッドルームに侵入する。

猿轡《さるぐつわ》をされた尾形が、後ろ手にされてベッド脇の椅子に縛り付けられていた。田伏に縛られたのだろう。

尾形は神谷と中森を見ると、首を激しく横に振った。

神谷は〝オサー〟をホルダーに戻して猿轡を解いた。

「この部屋のドアにセンサーがあります。私もこの部屋から出て連中に見つかってしまいました」

尾形は必死に言った。

「あっ！」

悠太の声が聞こえた。

「何！」

神谷は〝オサー〟を抜いてベッドルームを出た。

「まさか、ここまで追ってくるとはな」

田伏が悠太を羽交い締めにし、彼の喉元にナイフを突きつけていた。

「ナイフを下ろせ、田伏！」

神谷は〝オサー〟の銃口を田伏の額に向け、トリガーを軽く引いた。悠太の体が大きいので、田伏の体は額を除いて悠太の陰になっているのだ。

〝オサー〟は8の字型の銃口が横倒しになった上下二段の銃身に、四発のゴム弾が装塡してある。その中心にレーザーポインタが埋め込まれており、トリガーを軽く引くことでレーザーが標的に当たる。標的が十数メートル以下ならレーザーポインタ通りにゴム弾は当てられる。

問題は、田伏との距離が三メートルということだ。この距離ではゴム弾でも頭蓋骨を突き抜ける可能性がある。死は免れたとしても、後遺症が残る重篤《じゅうとく》な怪我を負うだろう。

「その変な銃を捨てろ。俺は躊躇《ちゅうちょ》しないぞ。こいつが死んでもいいのか！」

田伏はナイフの切っ先を悠太の顎に突き立てた。

「分かった。銃は捨てる」

神谷はゆっくりと銃口を下げると発砲した。

ゴム弾は悠太の太腿《ふともも》に命中。

「ううっ！」

悠太は田伏からすり抜けるように跪く。

神谷は田伏の胸にゴム弾を浴びせると、走り寄って前のめりに倒れる田伏の顎を蹴り上げた。

「撤収だ！」

神谷は悠太に手を貸して立たせた。

7・八月二十五日AM5：27

午前五時二十七分。

神谷は悠太に肩を貸し、部屋を出た。

「歩けるか？」

足を引き摺る悠太に尋ねた。

「なんで俺を撃ったんだよ。死ぬほど痛いぞ」

悠太は喚《わめ》いた。田伏にゴム弾を当てるには、人質となった悠太が邪魔だったのだ。悠太が跪いて抜け出す際、田伏のナイフで顎を切ったが、喉を切り裂かれるよりはましだろう。

「死ぬほどなら、死なないということだ。非常階段を下りるぞ」

神谷は悠太を担ぐように力を入れて進んだ。

「待ってください。逃げるだけじゃ、また狙われる。その部屋に主犯がいます。人質にしましょう」

尾形が突き当たりの部屋を指差した。

「私が連れてきます。先に行ってください」

中森が〝オサー〟を構えると、一人で部屋に突入した。

「尾形さん、悠太くんを頼みます」

神谷は悠太を尾形に任せると、〝オサー〟を手に突き当たりの五〇七号室に入る。

「逃げられました。誰もいません」

ベッドルームから出てきた中森が、首を振ってみせた。銃声を聞いていち早く非常階段から逃げたのだろう。

「撤収しよう」

神谷が部屋から出ると、非常階段口から戻ってきた尾形らと鉢合わせした。

「非常階段を敵が上がってきました」

尾形が真っ青な顔で言った。

「仕方がない。内階段から外に出よう」

神谷は答えると振り返った。

風切音を立てて矢が頭上を掠《かす》める。エレベーターホールに数人の男が現れた。発砲音を聞いて駆けつけてきたようだ。

「まずい！　この部屋に入るんだ」

神谷は尾形と悠太に突き当たりの五〇七号室に入るように指示をした。

最後に部屋に入ると、中森が椅子をドアノブに斜めに立てかけて開かないようにした。

神谷はリビングを抜けて窓の外を見た。バルコニーの奥行きは二メートルほどあり、ベッドルームからも出られるのでかなり広い。

窓ガラスを開けて顔を出すと、目の前を矢が抜けた。十数メートル離れたバルコニーから男がクロスボーで撃ってきたのだ。数センチずれていれば、まともにこめかみに刺さっていただろう。

マンションと違って隣室との境は、眺望を確保するためか、手すりと同じ百二十センチほどのすりガラスの板で仕切られているだけである。

神谷はベッドルームに移動し、〝オサー〟を抜くと、素早くバルコニーに出てクロスボーの男を撃った。ゴム弾は男の左肩に当たったが、男は苦痛に顔を歪めながらもクロスボーを撃ってきた。顔面を狙ったが外れたのだ。

「くそっ！」

体を捻って矢を避けた神谷は、再度発砲した。ゴム弾は男の顎に当たり、男は視界から消える。〝オサー〟の銃身は極端に短く、ライフリングもないため十メートル近く離れると目標を外れるようだ。

室内に戻った神谷は、〝オサー〟の銃身を開いてゴム弾を装填した。

ドアが今にも壊れそうな音を立てている。交代で体当たりしているようだ。

「破られるのは時間の問題ですね。さきほどボスに連絡したので、敷地の外に出られればこっちのものですが」

中森の顔が曇った。ボスとは木龍のことである。

「バルコニーの見張りは倒した。避難梯子《はしご》がないか調べたが、この部屋にはない」

神谷はもしやと思ってバルコニーを確かめたのだ。

「避難梯子なら、五〇五号室にありましたよ」

尾形が悠太に肩を貸したまま言った。悠太も尾形の肩を摑んで頼っている。

「中森さん、二人とバルコニーから五〇五号室まで行き、階下に下りてください。俺はここで連中を防ぎます」

神谷は自分の〝オサー〟を尾形に渡した。中森の負担を軽減するためだが、近接戦なら〝オサー〟は邪魔になるからだ。

「しかし……」

中森が躊躇している。

「すぐに追いつく。心配するな」

神谷は強く言い、右手で払う仕草をするとバラクラバを被り、特殊警棒を抜いた。

「分かりました」

中森はバルコニーに出て安全を確認すると、尾形らに手招きした。

神谷は尾形らが隣室のバルコニーに消えたことを確認すると、ドアノブに挟み込んでいる椅子を取り除いた。

支《つか》えをなくしたドアを打ち破り、三人の男が雪崩《なだ》れ込んできた。

神谷は先頭の男の首筋に特殊警棒を振り下ろして昏倒させ、二人目の男の鳩尾を蹴り抜き、三人目の男の顔面に右ストレートを叩きこんだ。相手は三人いたが、狭い通路のため一対一で対処できた。神谷の方が身構えていただけに圧倒的に有利だったのだ。倒れた男たちの背中を踏み越え、神谷は廊下に飛び出した。

銃声。

神谷の耳元を銃弾が抜ける。

咄嗟に発砲した男の顔面に特殊警棒を当てると、その右に立っていた男に、強烈なボディーブローをみまった。崩れ落ちる男の顎を膝で蹴り上げ、特殊警棒が鼻に当たってもがいている男の脳天に肘打ちを入れて倒した。

二人の後ろに右手にナイフを持った男が立っている。神谷と視線が合うと、気がふれたようにナイフを振り回してきた。男の右手を素早く摑むと、捻りながら体勢を崩して投げ飛ばした。男は頭から床に落ちて気を失う。

神谷は周囲を見回し、六人の男が昏倒していることを確認する。

「いい物を持っているな」

最初に倒した男のベルトに差し込んである発射型スタンガン〝WATTOZZ〟を取り上げて〝オサー〟のホルダーに差し込んだ。発砲してきた男が落としたグロック29を、背中側のボディアーマーを上げてベルトの後ろに差し込んだ。

複数の銃声。

——こちらライカー。三人の敵を倒して一階まで降りてきましたが、エレベーターホールから攻撃を受けて身動きが取れません。

中森からの無線連絡だ。二〇五号室の下の部屋から廊下に出られないらしい。一階の道路側は木々が生い茂り、ブロック塀も高くなっているので、負傷している悠太を連れて脱出することは不可能なはずだ。敵もそれが分かっているので、エレベーターホールで待ち構えていたのだろう。

「敵は何人だ？」

――二人は確認できました。

「内階段から攻撃する。機を見て非常出口から脱出しろ」

神谷はエレベーターを呼び出して一階のボタンを押すと、階段を駆け下りた。敵は中森の攻撃を用心し、エレベーターホールから動かずに攻撃しているようだ。背後のエレベーターが動けば一人はそれを監視する態勢になり、中森らへの攻撃が緩むかもしれない。

二階の踊り場まで下りると、神谷は敵から入手した〝WATTOZZ〟を抜く。電気弾は二発だが、至近距離なら外さない。

「こちら、ピカード。今から攻撃する」

――ライカー。了解。

神谷は足音を忍ばせて階段を下りる。

一階でエレベーターが開いた。

エレベーターホール前の柱の陰の二人が、同時にエレベーターに向かって銃を構える。

神谷は階段から飛び出し、二人の胸元に最大電圧の電気弾を打ち込んだ。

「ぐっ！」

二人の男は呻き声を上げて倒れた。強烈に痺れると、叫び声を上げることなく昏倒するのだ。

神谷は用心深くエレベーターホールに出て、倒れている二人の男からグロック19を回収し、男たちの手首を持参した樹脂製の結束バンドで縛り上げた。手錠も持ってきたが、犯人が多人数だった場合に備えたものである。

銃声。

神谷は二発の銃弾を背中に受けて床に転がった。

「おまえは、いったい何者だ？」

フロントのカウンターの陰から銃を手にして男が現れた。

「……！」

神谷は男の顔を見て、眉を吊り上げた。自由民権党の菅田義直衆議院議員が、グロック19を握っているのだ。ボディアーマーで銃弾は防げたが、衝撃は凄まじく、息が苦しい。

菅田は神谷からバラクラバを剝ぎ取り、馬乗りになった。

「貴様！　神谷だな。またしても、おまえか！」

銃口を神谷の額に押し当てた菅田は、怒声を発した。

「おまえが、……組織の……トップか？」

神谷は喘《あえ》ぎながらも尋ねた。息が苦しい上に菅田に胸の上に乗られて呼吸が困難になっているのだ。

「そのうち組織のトップになり、総理大臣の椅子も狙っている。だが、おまえはそれを自分の目で見ることはない。ここで死ぬからだ」

　菅田は神谷の首を左手で絞めた。

「組織の……トップは誰か教えろ」

　神谷は息を荒らげながらも尋ねた。

「教える馬鹿はいない。というか、私も知らないんだよ」

　菅田は銃を離すと、両手で首を絞めてきた。

「そっ、それは……残念だ」

　神谷は声を振り絞って言うと、背中側に差し込んでいたグロックを抜き、菅田の尻に銃口を当ててトリガーを引いた。

「うう！」

　菅田が呻き声を上げて神谷から離れ、床でのたうち回る。

「悪いが、俺は帰る」

　神谷は立ち上がると、グロックを投げ捨てた。

エピローグ

二〇二一年九月十日、午前十時半、練馬《ねりま》区氷川台《ひかわだい》、東京少年鑑別所。

神谷《かみや》はラングラーの運転席に座って、ＦＭラジオを漫然と聞いていた。

相模湖湖畔の廃墟ホテルから、尾形《おがた》を救出して二週間ほど経っている。敵を殲滅して尾形と悠太《ゆうた》を連れ出し、ホテル前まで迎えに来た木龍の手下が運転するキャラバンで立ち去った。間一髪で、駆けつけた二台のパトカーと勝瀬橋ですれ違っている。派手に銃撃戦をしたので、近くのラブホテルの従業員が通報したらしい。

ホテルに踏み込んだ警察官は、衆議院議員の菅田《すがた》を含め十一人の男を銃刀法違反で逮捕した。菅田は自由民権党の大物であるが、使用した銃も見つかっているので問答無用で検挙されている。しかも〝相模湖オリンポスホテル〟のオーナーは菅田の妻の名義になっていたので、言い逃れができなかったのだ。

尾形によれば、菅田から相模湖周辺の再開発をする詐欺を計画するように脅されたそうだ。再開発で土地が値上がりしたところで、菅田はホテルを高値で売却《ばいきゃく》するつもりだったのだろう。もともと、廃業したホテルは競売にかけられ、二束三文で買い取っていた。菅田が属しているM委員会という組織の裏金作りが目的だったらしいが、個人的にも儲《もう》けるつもりだったようだ。

神谷は倒していたシートを元に戻した。

「お待たせしました」

助手席に尾形が乗り込んできた。彼は少年鑑別所に留置されている悠太の面会に行ってきたのだ。尾形は助け出した悠太を説得し、自首させた。弁護士を雇《やと》うだけでなく、週に二度、悠太に面会している。今日は神谷が送迎することにしたのだ。

「尾形さん、余計なお世話ですが、悠太くんを本当に養子として迎え入れるのですか？」

神谷は尾形の横顔を見つめた。事件後、悠太は自分の息子だと言い張る尾形に対して、検察はＤＮＡ鑑定をするよう勧めた。悠太もそれを望んだからだ。だが、鑑定の結果は生物学上の父子関係を否定するものだった。そこで尾形は、養子縁組の手続きを進めている。尾形が保護者となれば、少年院に入ることは免れる可能性もあるのだ。

「十九年前に、私は詐欺計画のロケハンをするために西伊豆の浮島旅館に一週間ほど宿泊していたのです。私は長逗留《ながとうりゅう》するために作家だと偽《いつわ》っていました。絵理香《えりか》さんはそんな私に興味が湧いたらしく、部屋に遊びに来るようになったのです。私も若かったですから、自然と仲良くなり、一度だけ関係を持ちました。そのころ彼女は元カレに振られてやけになっていたので、心の支えが欲しかったようです。ロケハンが終了し、その一ヶ月後に私の立てた計画で、片山《かたやま》は詐欺計画を推進させました。そのため、私は西伊豆には二度と足を踏み入れることはできなくなったのです」

尾形はフロントガラスからみえる青空を見上げてゆっくりと話した。悠太の本当の父親は、恐らくはその前の恋人なのだろう。

「片山が詐欺事件を起こさなかったら、彼女に会うためにまた西伊豆に行きましたか？」

神谷も空を見上げながら尋ねた。九月に入ってから雨続きだったが、久しぶりの晴天が気持ちいいのだ。

「そのつもりでした。私は詐欺を研究する者としての野心があり、論文を書いてハーバード大学で別の博士号を取るつもりでした。結局、詐欺の魅力に取り憑《つ》かれて、自ら詐欺師になってしまいました。彼女と出会った頃は、まだ研究者だったので真剣に付き合おうと思っていたのです。しかし、私の研究を片山が実行し、詐欺は成立してしまった。その時点で私は犯罪者になりさがったのです。彼女に合わせる顔はありませんでした」

尾形は俯いて首を横に振った。

「片山は誰の紹介だったのですか？」

神谷は頷きながら質問を続けた。

「もう亡くなった方ですが、大学教授の三枝《さえぐさ》先生です。彼は自由民権党の顧問もされていました。今から思えば、最初から私は利用されていたんですね」

尾形は自嘲気味に笑った。彼の人生を狂わせたのは、９１１代理店の宿敵ともいえるＭ

委員会だったようだ。

「ドライブに行きませんか？　今日の予定はないはずですよね」

神谷はエンジンをかけた。

「いいですけど、神谷さんこそ忙しいんじゃないですか？」

尾形は首を傾げている。

「今日は休みにしました。実は西伊豆町のお寺で吉本《よしもと》家の墓を見つけました。彼女の遺骨もそこに収められたことを突き止めたんです。一緒に墓参りにいきませんか？」

神谷は笑顔で言った。調べるのに少々苦労した。これぱかりは、パソコンで調べられるというものではなかったのだ。三度ほど西伊豆に足を運んで、地道に聞き込みをしている。

「ほっ、本当ですか！」

尾形は甲高い声を上げた。

「本当ですよ」

「あっ、ありがとう。ありがとう。ありがとう……」

尾形は何度も頭を下げると、右手で目頭を押さえて肩を震わせた。

「いいんですよ。喜んでもらえれば」

神谷はほっと溜息を漏らし、車を出した。

本書はハルキ文庫の書き下ろしです。

本作品はフィクションであり、登場する人物、団体名など架空のものであり、現実のものとは関係ありません。

Haruki Bunko
ハルキ文庫

わ4-3

911代《きゅういちいちだい》理《り》店《てん》❸ テリブル

著者 渡辺裕之《わたなべひろゆき》

2021年12月18日第一刷発行

発行者 角川春樹

発行所 株式会社角川春樹事務所
〒102-0074 東京都千代田区九段南2-1-30 イタリア文化会館

電話 03(3263)5247(編集)
03(3263)5881(営業)

印刷・製本 中央精版印刷株式会社

フォーマット・デザイン 芦澤泰偉
表紙イラストレーション 門坂 流

ISBN978-4-7584-4452-1 C0193 ©2021 Watanabe Hiroyuki Printed in Japan
http://www.kadokawaharuki.co.jp/[営業]
fanmail@kadokawaharuki.co.jp[編集]　ご意見・ご感想をお寄せください。

渡辺裕之の本

911代理店

「911」——米国は日本と違い、警察、消防、救急の区別なく、緊急事態は全てこの番号に電話を掛ける。そこで必要な処置を決定するのだ。「株式会社911代理店」はそれを日本で行うことを目的とする。恋人をテロで失い自棄になっていた元スカイマーシャルの神谷隼人は、ある出来事を契機にそこに勤めることに。しかし元悪徳警官と名高い社長をはじめ、元詐欺師に現天才ハッカーなどと、社員は皆一癖も二癖もあって!? 最強のアウトローたちが正義とは何かを問う、痛快アクション!

柴田哲孝の本

伝説の名馬　ライスシャワー物語

雲間に鮮やかな満月が光を放つ、平成元年三月五日、早朝——。後にライスシャワーと呼ばれる一頭の牡の仔馬が、生を受けた。小柄で真っ黒な、生粋のステイヤー（長距離馬）の血統だった。その仔馬の一生を騎手、調教師、厩務員らの温かい目が見守る。そして待ち受ける衝撃の結末！　アニメ、ゲームで人気の名馬ライスシャワー、本当はこんな馬だった。一頭のサラブレッドの生きた軌跡を追う、迫真と感動のドキュメント。